Aby Warburg

Sandro Botticellis

Aby Warburg

Sandro Botticellis

ISBN/EAN: 9783743447776

Hergestellt in Europa, USA, Kanada, Australien, Japan

Cover: Foto ©Raphael Reischuk / pixelio.de

Weitere Bücher finden Sie auf **www.hansebooks.com**

Sandro Botticellis

„Geburt der Venus"

und

„Frühling."

EINE UNTERSUCHUNG
ÜBER DIE VORSTELLUNGEN VON DER ANTIKE IN DER
ITALIENISCHEN FRÜHRENAISSANCE.

VON

A. WARBURG
D^R· PHIL.

MIT 8 ABBILDUNGEN.

HAMBURG UND LEIPZIG.
VERLAG VON LEOPOLD VOSS.
1893.

HUBERT JANITSCHEK

UND

ADOLF MICHAELIS

IN DANKBARER ERINNERUNG IHRES GEMEINSAMEN WIRKENS

GEWIDMET.

VORBEMERKUNG.

In der vorliegenden Arbeit wird der Versuch gemacht, zum Vergleiche mit den bekannten mythologischen Bildern des Sandro Botticelli, der „Geburt der Venus" [1]) und dem „Frühling" [2]) die entsprechenden Vorstellungen der gleichzeitigen kunsttheoretischen und poetischen Litteratur heranzuziehen um auf diese Weise das, was die Künstler des Quattrocento an der Antike „interessirte", klarzulegen.

Es lässt sich nämlich hierbei Schritt für Schritt verfolgen, wie die Künstler und deren Berather in „der Antike" ein gesteigerte äussere Bewegung verlangendes Vorbild sahen und sich an antike Vorbilder anlehnten, wenn es sich um Darstellung äusserlich bewegten Beiwerks — der Gewandung und der Haare — handelte.

Nebenbei sei bemerkt, dass dieser Nachweis für die psychologische Aesthetik deshalb bemerkenswerth ist, weil man hier in den Kreisen der schaffenden Künstler den Sinn für den ästhetischen Akt der „Einfühlung" in seinem Werden als stilbildende Macht beobachten kann.[3])

---

[1]) Florenz, Uffizi, Sala di Lorenzo Monaco No. 39, vgl. Abb. 1. *Klassischer Bilderschatz* III, p. VIII No. 307.
[2]) Ebend. Akademie, Sala Quinta, No. 26. *Kl. B.* I, p. X No. 140.
[3]) Vgl. R. Vischer, Das Optische Formgefühl, 1873, dazu F. Th. Vischer Das Symbol, in d. *Philos. Aufs. f. Zeller 1887,* v. p. 153 ab.

Abb. SANDRO BOTTICELLI, GEBURT DER VENUS. FLORENZ, UFFIZI.

Nach einer Photographie von Ad. Braun & Co., Braun Clement & Co. Nachf. in Dornach Els. und Paris

ERSTER ABSCHNITT.

„DIE GEBURT DER VENUS."

Die „Geburt der Venus", das kleinere der beiden Gemälde sah Vasari[1]) zusammen mit dem „Frühling" in des Herzogs Cosimo Villa Castello: „Per la città, in diverse case fece tondi di sua mano, e femmine ignude assai; delle quale oggi ancora a Castello, villa del Duca Cosimo sono due quadri figurati l'uno Venere che nasce, e quelli aure e venti che la fanno venire in terra con gli amori; e così un'altra Venere, che le Grazie la fioriscono, dinotando la Primavera; le quali da lui con grazie si veggono espresse."

Der italienische Catalog der Uffizi giebt folgende Beschreibung: „La nascità di Venere. La Dea sta uscendo da una conchiglia nel mezzo del mare. A sinistra sono figurati due Venti che volando sulle onde spingono la Dea presso la riva: a destra è una giovane che rappresenta la Primavera. T. grand nat."[2])

Zwei verschiedene Dichtungen sind in der neuesten kritischen Litteratur zum Vergleiche herangezogen worden; Jul. Meyer in dem Text zum Berliner Galleriewerk[3]) verweist auf den *Homerischen Hymnus:*

„Es ist sehr wahrscheinlich, dass Botticelli die antike Schilderung der Geburt der Venus im zweiten Homerischen Hymnus auf Aphrodite gekannt und seiner Darstellung zu Grunde gelegt hat. Schon im Jahre 1488[4]) wurden die Homerischen Hymnen aus einer Florentiner Handschrift durch den Druck veröffentlicht, und es ist daher anzunehmen, dass ihr Inhalt schon einige Zeit vorher in den Florentiner Humanistenkreisen und speziell dem klassisch gebildeten Lorenzo bekannt war."

---

[1]) Vasari Milanesi III, 312.
[2]) 1881, p. 121; genauere Maassangabe fehlt; auch im Text zum klassischen Bilderschatz sind keine Maasse angegeben.
[3]) „Die Florentinische Schule des XV. Jahrhunderts." Berlin. 1890. p. 50 Anm. Auch Woermann, Sandro Botticelli p. 50 bei Dohme, Kunst und Künstler. 1878. II. XLIX. hatte ihn als Analogie angeführt.
[4]) Die Vorrede abgedruckt bei Ber. Botfield. Praefationes et Epistolae editionibus Principibus praepositae. Cambridge. 1861. p. 180.

Andrerseits bemerkt Gaspary in seiner Italienischen Litteraturgeschichte,[1]) dass die Beschreibung eines Reliefs in *Angelo Polizianos Giostra*, die „Geburt der Venus" vorstellend,[2]) mit Botticellis Bild Ähnlichkeit habe

Beide Hinweise geben einen Fingerzeig nach derselben Richtung, da Polizian sich in der angeführten Beschreibung an den Homerischen Hymnus auf Aphrodite anlehnte.

Die naheliegende Vermuthung, dass eben Polizian, der gelehrte Freund des Lorenzo de' Medici — für den Botticelli ja auch nach dem Zeugnis des Vasari eine Pallas malte[3]) — dem Botticelli das Concetto übermittelte, wird durch die in Folgendem nachzuweisende Thatsache zur Gewissheit, dass der Maler in denselben Dingen wie der Dichter vom Homerischen Hymnus abweicht.

Polizian denkt sich eine Reihe von Reliefs, als Meisterwerke von Vulcans eigener Hand in zwei Reihen an den Thorpfeilern des Venuspalastes angebracht, das Ganze von einem Randornament von Akanthusblättern, Blumen und Vögeln eingerahmt. Während die ersten Reliefreihen kosmogonische Allegorien[4]) zum Gegenstand haben, welche in der Geburt der Venus ihren Abschluss finden, war auf der zweiten Folge die Macht der Venus[5]) an etwa 12 klassischen Beispielen veranschaulicht. Die Geburt der Venus, ihr Empfang auf der Erde und im Olymp werden in den Stanzen 99—103 geschildert:

> 99 „Nel tempestoso Ejeo in grembo a Teti
> Si vede il fusto genitale accolto
> Sotto diverso volger di pianeti
> Errar per l'onde in bianca schiuma avvolto;
> E dentro nata in atti vaghi e lieti
> Una donzella non con uman volto,
> Da' zefiri lascivi spinta a proda
> Gir sopra un nicchio, e par ch'el ciel ne goda.

---

[1]) Berlin 1888, II, 232. Die *Giostra* ist jenes Festgedicht auf das Turnier Giulianos, welches im Jahre 1476 stattfand; die Dichtung wurde zwischen 1476 und 1478 geschrieben und blieb, wegen der 1478 erfolgten Ermordung Giulianos unvollendet. In dem ersten Buch wird das Reich der Venus geschildert, im zweiten (u. letzten) die Erscheinung der Nymphe, welche nach dem Willen der Venus den rauhen Jäger Giuliano zur Liebe bekehren soll. Vgl. Gaspary, l. c. 228—232. G. Carduccis Ausgabe: *Le Stanze, L'orfeo e le Rime di M. A. A. Poliziano*, Florenz, Barbèra 1863, (nach der hier citirt wird) unterstützte mit ihrem ausgedehnten quellenkritischen Apparat die vorl. Arbeit wesentlich.

[2]) Buch I, Stanze 99—103, Vgl. dazu Carducci l. c. p. 56.

[3]) Vgl. Vas. Mil., p. 312, dazu Ulmann, Eine verschollene Athena des Sandro Botticelli. *Bonner Studien f. Kekulé*. Lpzg. 1890, p. 203/213.

[4]) 1) Die Entmannung Saturns. 2) Die Geburt d. Nymphen und Giganten. 3) Die Geburt d. Venus. 4) Der Empfang d. Venus auf d. Erde. 5) Der Empfang d. Venus im Olymp. 6) Vulcan selbst.

[5]) 1) Die Entführung d. Europa. 2) Jupiter als Schwan, Goldregen, Schlange und Adler. 3) Neptun als Widder und Stier. 4) Saturn als Ross. 5) Apoll. Daphne verfolgend. 6) Die verlassene Ariadne. 7) Die Ankunft d. Bacchus, und 8) seines Gefolges. 9) Der Raub der Proserpina. 10) Heracles als Weib. 11) Polifemos und 12) Galathea.

100 Vera la schiuma e vero il mar diresti,
E vero il nicchio, ver soffiar di venti:
La dea negli occhi folgorar vedresti,
E'l ciel ridergli a torno e gli elementi:
L'Ore premer l'arena in bianche vesti;
L'aura incresparle e' crin distesi e lenti:
Non una non diversa esser lor faccia,
Come par che a sorelle ben confaccia.

101 Giurar potresti che dell'onde uscisse
La Dea premendo con la destra il crino,
Con l'altra il dolce pomo ricoprisse:
E, stampata dal piè sacro e divino,
D'erbe e di fior la rena si vestisse:
Poi con sembiante lieto e peregrino
Dalle tre ninfe in grembo fusse accolta,
E di stellato vestimento in volta.

102 Questa con ambe man le tien sospesa
Sopra l'umide trecce una ghirlanda
D'oro e di gemme orientali accesa:
Questa una perla agli orecchi accomanda:
L'altra al bel petto e bianchi omeri intesa
Par che ricchi monili intorno spanda,
De' quai solean cerchiar lor propre gole
Quando nel ciel guidavon le carole.

103 Indi paion levate in ver le spere
Seder sopra una nuvola d'argento:
L'aer tremante ti parria vedere
Nel duro sasso, e tutto 'l ciel contento;
Tutti li dei di sua beltà godere
E del felice letto aver talento;
Ciascun sembrar nel volto meraviglia,
Con fronte crespa e rilevate ciglia."

Daneben halte man die Schilderung des Homerischen Hymnus:[1])

„Aphrodite die schöne, die züchtige will ich besingen,
Sie mit dem goldenen Kranz, die der meerumflossenen Kypros
Zinnen beherrscht, wohin sie des Zephyros schwellender Windhauch
Sanft hintrug auf der Woge des vielaufrauschenden Meeres
Im weichflockigen Schaum; und die Horen mit Golddiademen
Nahmen mit Freuden sie auf, und thaten ihr göttliche Kleider
An, und setzten ihr ferner den schön aus Golde gemachten
Kranz aufs heilige Haupt, und hängten ihr dann in die Ohren
Blumengeschmeide aus Erz und gepriesenem Golde verfertigt.

---

[1]) In der Uebersetzung von Schwenck. Frankfurt, 1825.

Aber den zierlichen Hals und den schneeweiss strahlenden Busen
Schmückten mit goldener Ketten Geschmeide sie, welche die Horen
Selber geschmückt, die mit Gold umkränzeten wenn zu der Götter
Anmuthseeligem Reihn und dem Vaterpalaste sie giengen."

Die Handlung in dem italienischen Gedicht ist, wie man sieht, im
Ganzen durchaus vom homerischen Hymnus bestimmt; hier wie dort wird
die aus dem Meere aufsteigende Venus vom Zephyrwind an das Land
getrieben, wo sie die Göttinnen der Jahreszeiten empfangen.

Die eigenen Zuthaten Polizians beziehen sich fast nur auf die Ausmalung der Einzelheiten und des Beiwerks, bei deren genauen Angabe
der Dichter verweilt, um durch die Fiction einer bis ins Kleinste gehenden,
treuen Wiedergabe die überraschende Naturwahrheit der geschilderten
Kunstwerke glaubhaft zu machen. Diese Zusätze sind etwa folgende:

Mehrere Winde, deren Blasen man sieht („vero il soffiar di venti"),
treiben die Venus, welche in einer Muschel steht („vero il nicchio") an
das Ufer, wo sie die drei Horen empfangen und sie (ausser mit den Ketten
und Halsbändern, von denen auch der homerische Hymnus erzählt) mit
einem „Sternenmantel" bekleiden. Der Wind spielt in den weissen
Gewändern der Horen und kräuselt ihr herabwallendes, loses Haar.
(1. 100, 4—5.) Gerade dieses durch den Wind bewegte Beiwerk bewundert
der Dichter als täuschende Leistung einer virtuosen Kunstübung:

    100, 2 . . . . „e ver soffiar di venti"
    100, 3 . . . . . „vedresti"
    100, 4 „L'Oro premer l'arena in bianche vesti
           L'aura incresparle e'crin disteri e lenti"
    103, 3 „L'aer tremante ti parria vedere
           Nel duro sasso . . . ."

Ebenso wie in dem Gedicht geht die Handlung auch auf dem Gemälde vor sich, nur dass, abweichend von der Dichtung, auf dem Bilde
Botticellis die auf der Muschel stehende Venus[1] mit der R. (anstatt mit
der L.) die Brust bedeckt, mit der L. ihr langes Haupthaar an sich haltend,
und dass, statt der drei Horen im weissen Gewande, die Venus nur eine
weibliche Gestalt im bunten, blumenbedeckten, von einem Rosenzweig
umgürteten Gewande empfängt. Dagegen kehrt jene Polizianische eingehende Ausmalung des bewegten Beiwerks mit solcher Uebereinstimmung wieder, dass ein Zusammenhang zwischen den beiden Kunstwerken sicher anzunehmen ist.

Da sind auf dem Bilde nicht nur die zwei pausbackigen „Zefiri",
„deren Blasen man sieht", sondern auch die Gewandung und das Haar der

---

[1] Ueber deren Beziehung zur Mediciäischen Venus sind zu vergleichen: Michaelis.
Arch. Ztg. 1880. p. 13 ff. und Kunstchronik 1890. Sp. 297/301, ferner Müntz, Hist. de
l'Art pend. la Ren. (1889) 224/225. Dazu müsste man noch eine Illustration aus dem
Ms. Plut. XLI. cod. 33 der Laurenziana zu einem Gedicht des Lorenzo de' Medici f. 31 heranziehen. Vgl. Vas. Milanesi III, 330. Zu den Epigrammen des Polizian
über die „Geburt der Venus" vgl. del Lungo. Prose volgari inedite e Poesie latine e
greche edite e inedite di A. A. Poliziano. Florenz. Barbèra 1867, p. 219.

am Ufer stehenden Göttin weht im Winde und auch das Haar der Venus flattert,[1] wie der Mantel, mit dem sie bekleidet werden soll, im Winde. Beide Kunstwerke sind eine Paraphrase des homerischen Hymnus; aber in der Dichtung Polizians finden sich noch die drei Horen, welche auf dem Bilde in eine zusammengezogen sind.

Damit ist die Dichtung als die zeitlich vorausgehende, dem Vorbilde näher stehende Verarbeitung gekennzeichnet, das Gemälde als die spätere, freiere Fassung. Ist ein direktes Abhängigkeits-Verhältnis anzunehmen, so war demnach der Dichter der Geber und der Maler der Empfänger.[2] In Polizian den Berather Botticellis zu sehen, passt auch zu der Ueberlieferung, die Polizian als Inspirator Raffaels und Michelangelos gelten lässt.[3]

Die auffallende, im Gedicht und im Gemälde gleichermaassen hervortretende Bestrebung, die transitorischen Bewegungen in Haar und Gewand festzuhalten, entspricht einer seit dem ersten Drittel des XV. Jahrhunderts in Oberitalienischen Künstlerkreisen herrschenden Strömung, die in *Albertis liber de pictura* ihren prägnantesten Ausdruck findet.[4]

Schon Springer verwies auf diese Stelle,[5] gerade im Hinblick auf die Windgötter Botticellis bei der Geburt der Venus, und auch Robert Vischer hat sie in seinem Luca Signorelli,[6] herangezogen. Sie lautet:

„Dilettano nei capelli, nei crini, ne' rami frondi et vesti vedere qualche movimento. Quanto certo ad me piace nei capelli vedere quale io dissi sette movimenti· volgansi in uno giro quasi volendo anodarsi et ondeggino in aria simile alle fiamme, parte quasi come serpe si tessano fra li altri, parte crescendo in quà et parte in là. Così i rami ora in alto si torcano, ora in giù, ora in fuori, ora in dentro, parte si contorcano come funi. A medesimo ancora le pieghe facciano; et nascano le pieghe come al troncho dell' albero i suo' rami. In queste adunque si seguano tutti i movimenti [tale che parte niuna del panno sia senza vacuo movimento. Ma siano, quanto spesso ricordo i movimenti moderati et dolci], piu tosto quali porgano gratia ad chi miri, che maraviglia di faticha alcuna. Ma dove così vogliamo ed i panni suoi sendo i panni di natura gravi et continuo cadendo a terra, per questo starà bene in la pictura porvi la faccia del vento Zeffiro o Austro cho soffi fra le nuvole onde i panni ventoleggino. Et quinci verrà ad quella gratia, che i corpi da questa parte percessi dal vento sotto i panni in buona parte mostreranno il nudo, dall' altra parte

[1] Ganz ähnlich auf der Venus Botticellis in Berlin (Catal. 1883, No. 1124) Abb. bei Meyer l. c. p. 49. Das Haar weht nach links, auf der Schulter liegen zwei kleine Flechten.
[2] Gaspary l. c. II, p. 282 scheint an ein umgekehrtes Verhältnis zu denken.
[3] Vas. Mil. VII, 113. Lud. Dolce Aretino p. 80. *Quellenschr. f. Kg.* II. vgl. R. Springer, Raffael und Michelangelo. 2. Aufl. 1883, II, p. 58. R. Foerster. Farnesina-Studien 1880. p. 58. E. Müntz. Précurs, de la R. 1882, p. 207-208 schliesst eine ausführliche Analyse der Giostra mit den Worten: „en cherchant bien on découvrirait certainement que Raphael n'est pas le seul artiste qui s'en soit inspiré." Ueber die Beziehungen, in die Müller-Walde, Leonardo 1889, Leonardo zur Giostra bringt, vgl. unten
[4] ed. Janitschek, *Quellenschr. f. Kg.*, Wien 1877, XI, p. 129 ff.
[5] Lützow *Zfbk.* XIV (1879) p. 61.
[6] 1879, p. 157.

i panni gettati dolce veleranno per aria, et in questo ventoleggiare guardi il pictore non ispiegare alcuno panno contro il vento."

An dieser Malerregel des Alberti haben Phantasie und Reflexion gleichen Antheil. Einerseits freut es ihn, Haar und Gewandung in starker Bewegung zu sehen: er lässt dann seiner Phantasie Spielraum, die dem willenlosen Beiwerk organisches Leben unterlegt; in solchen Augenblicken sieht er Schlangen, die sich in einander verstricken, Flammen, die emporzüngeln, oder das Geäst eines Baumes. Andrerseits aber verlangt Alberti von dem Maler nachdrücklich, dass er bei der Wiedergabe solcher Motive genug vergleichende Besonnenheit besitze, um sich nicht zu widernatürlicher Häufung verleiten zu lassen und dem Beiwerk nur da Bewegung mittheile, wo der Wind dieselbe wirklich verursacht haben könne. Ohne ein Zugeständnis an die Phantasie geht es freilich nicht ab: die blasenden Jünglingsköpfe, die der Maler anbringen soll, um die Bewegung in Haar und Gewandung zu „begründen", sind ein rechtes Compromissproduct zwischen anthropomorphistischer Phantasie und vergleichender Reflexion.

Alberti hatte sein, dem Brunellesco gewidmetes, libro della pittura 1435 abgeschlossen.[1])

Bald darauf, schon um die Mitte des 15. Jahrhunderts giebt *Agostino di Duccio* den Figuren der allegorischen Reliefs in dem Tempio Malatesta zu Rimini eine bis zum Manierismus gesteigerte Bewegtheit in Haar und Gewandung.[2]) Nach *Valturis* Bemerkungen[3]) über das Verhältnis des Sismondo Malatesta zu den Kunstwerken in seiner Kapelle, sind Inhalt und Form derselben als Produkte gelehrter Ueberlegungen anzusehen:

„ . . . . . amplissimis praesertim parietibus, permultisque altissimis arcubus peregrino marmore aedificatis, quibus lapideae tabulae vestiuntur, quibus pulcherrime sculptae inspiciuntur, unaque sanctorum patrum, virtutum quattuor, ac coelestis Zodiaci signorum, errantiumque siderum, sibillarum deinde, musarumque, et aliarum permultarum nobilium rerum imagines, quae nedum praeclaro lapicidae ac sculptoris artificio, sed etiam cognitione formarum, liniamentis abs te acutissimo et sine ulla dubitatione clarissimio hujus saeculi Principe ex abditis philosophiae penetralibus sumptis, intuentes litterarum peritos, et a vulgo fere penitus alienos maxime possint allicere."

Alberti war der Architekt der Kirche, deren Bau er bis ins einzelne überwachte;[4]) der Annahme, dass er der Inspirator dieser in seinem Sinne bewegten Gestalten war, steht nichts im Wege. Für eine der weiblichen

---

[1]) Vgl. Janitschek l. c. p. III.

[2]) Besonders bei den Welten des Thierkreises und der Planeten hervortretend. Einzelne Abbildungen bei Ch. Yriarte, Rimini, Paris, 1882. Vgl. z. B. d. Mercur (Abb. 105) p. 216 u. Mars (Abb. 107) p. 217 Ueber d. Darstellungen hat neuerdings Burmeister. Der bildnerische Schmuck des Tempio Malatestiano zu Rimini, gehandelt. Breslau, Inaug. Diss. 1891.

[3]) In de re militari (1472 zuerst gedruckt). Die Stelle ist von Janitschek, Die Gesellschaft der Renaissance, Stuttgart 1879, p. 108 beigebracht.

[4]) Vgl. den Brief, den er 1454 an seinen Bauführer Matteo di Pasti richtet. Abgedr. Guhl-Rosenberg, Künstlerbriefe p. 33.

Figuren auf den Reliefs des Agostino di Duccio an der Façade von S. Bernardino in Perugia hat Fr. Winter[1]) gerade für die bewegten Gewandmotive bei einer weiblichen Figur auf dem obersten Relief der Façade links auf ein antikes Vorbild — einer vom Rücken gesehenen Hore — hingewiesen, die sich auf dem bekannten Krater zu Pisa[2]) abgebildet findet. Von eben jener Vase hatte auch Niccolo Pisano auf den Kanzelreliefs des Baptisteriums zu Pisa den Dionysos entlehnt.[3]) Auch Donatello hat sich durch dieselbe Figur bei der Ausführung eines der Apostel auf der Erzthüre von St. Lorenzo anregen lassen.[4]) Ob Donatello nicht auch in der den Kopf etwas senkenden Hore des Pisaner Kraters das Vorbild für seine kappadokische Prinzessin auf dem Relief unter der Statue des St. Georg an Orsan Michele gefunden hatte?[5])

Für Agostino di Duccio sind noch weitere Hinweise auf andere antike Kunstwerke zulässig:

Winter[6]) findet, dass die Darstellungen aus der Geschichte des heil. Bernhard in Perugia an die Compositionen römischer Sarkophage erinnern.

Jahn[7]) giebt in einer Abhandlung über die Medeasarkophage eine Abbildung aus dem *Codex Pighianus*[8]) in Berlin, auf dem die Medea vor dem Baume mit dem Drachen steht; über ihrem Kopf sieht man ein kugelförmig geschwelltes Gewand. Dasselbe, in dieser Form seltene Motiv, kehrt bei der Frau, die am Ufer vor St. Bernhard hinter zwei Frauen mit einem Kinde steht, wieder; wohl möglich, dass dieser Sarkophag schon damals vor „S. Cosma e Damiano" stand und dort gezeichnet wurde.

Auch für den Engel auf dem Relief des Agostino di Duccio in der Brera[9]) war eine Mänade das Vorbild.[10]) Wie nun Agostino als Bildhauer unter den plastischen Kunstwerken der Antike nach Vorbildern für Bewegungsmotive in Haar und Gewandung sucht, so achtet *Polizian* in den Werken der antiken Dichter besonders auf Schilderungen von Bewegungsmotiven, die er dann in seinen Dichtungen getreu nachbildet.

Polizian mag immerhin durch Albertis Hinweis dazu angeregt oder darin bestärkt worden sein, die Wiedergabe des bewegten Beiwerks als künstlerisches Problem ins Auge zu fassen — wie auch eine damals schon vorhandene Ideenrichtung in den Florentiner Künstlerkreisen es ihm nahe gelegt haben konnte, die Figuren auf seinen Reliefs mit Bewegung in

---

[1]) Ueber ein Vorbild neu-attischer Reliefs. Berl. Winckelmannsprogr. 1890, S. 94—125.
[2]) Vgl. Hauser, Die Neu-Attischen Reliefs. Stuttg. 1889, p. 15, No. 17.
[3]) Vgl. u. a. E. Müntz, Précurseurs p. 9.
[4]) Abg. b. Müntz l. c. p. 68. Rel. auf dem 2. Relief des linken Thürflügels.
[5]) Schon Semper, Donatellos Leben und Werke, 1887, p. 38 denkt an ein Vorbild in „der Art des Skopas".
[6]) l. c. p. 123.
[7]) *Arch. Ztg.* 1866, Taf. 216 u. Robert, Die antiken Sarkophag-Reliefs. 1890, II, LXI, 190. Ob nicht auch die beiden anderen Frauen den Frauen mit dem Kind auf dem Sarkophag, wenn auch frei, nachgebildet sind? Vgl. Phot. Al. 18077.
[8]) 211. Fol. 251. Vgl. Jahn, *Sächs. Ber.* 1868, p. 221.
[9]) Abb. Yriarte l. c. (Abb. 112) p. 222.
[10]) Etwa Hausers Typus 32.

— 8 —

Haar und Gewandung[1]) erscheinen zu lassen — sicherlich giebt Polizian dieser Stimmung bewusst und selbständig dadurch einen neuen Rückhalt, dass er die Worte, um dieses bewegte Beiwerk zu schildern, den Worten, die er in antiken Dichtern — *Ovid* und *Claudian* — gesucht hatte, getreu nachbildete.

Auf dem ersten Relief der zweiten Reihe an den Thorpfeilern des Venuspalastes sah man den Raub der Europa:

> 105 „Nell' altra in un formoso e bianco tauro
> Si vede Giove per amor converso
> Portarne il dolce suo ricco tesauro
> E lei volgere il viso al lito perso
> In atto paventoso: e i be'crin d'auro
> Scherzon nel petto per lo vento avverso.
> La veste ondeggia, e in drieto fa ritorno.
> L'una man tien al dorso, e l'altra al corno."

Nicht nur, dass die genaue Schilderung der Beweglichkeit in Haar und Gewandung, soweit sie Ovid selbst bei der Erzählung des Raubes der Europa in den *Metamorphosen* (II, 873) und in den *Fasten* [2]) (V, 607 ff.) giebt, reproduzirt ist, es ist auch eine ähnliche Stelle aus den Met. (II, 527) herangeholt. Stellt man die letzten 5 italienischen Verse mit ihren lateinischen Vorbildern zusammen, so steht man vor der kunstgeschichtlich selten nachweisbaren Thatsache eines sorgfältigen Eclecticismus, verbunden mit der Fähigkeit, die nahgelegten Dinge mit eigener künstlerischer Kraft zu verarbeiten:

E lei volgere il viso al lito perso

Met. II, 873: . . . . *litusque ablata relictum*
respicit."

In atto paventoso: e i be'crin d'auro

Met. II, 873: *„Pavet haec."* Fast. V, 609: *„Flavos movet aura capillos."*

Scherzon nel petto per lo vento avverso

Met. I, 528: *„Obviaque adversas vibrabant flamine vestes*
et levis impulsos retro dabat aura capillos."

La veste ondeggia, e in drieto fa ritorna

Met. II, 875: *„Tremulae sinuantur flamine vestes"*
Fast. V. 609: *„Aura sinus inplet."*

L'una man tien al dorso, e l'altra al corno

Met. II, 874: . . . . *„dextra cornum tenet, altera dorso*
imposita est."

St. 106.

Le ignude piante a sè ristrette accoglie

Fast. V, 611: *Saepe puellares subducit ab aequore plantas.*

Quasi temendo il mar che lei non bagne

ibid. 612: *et metuit tactus assilientis aquae."*

---

[1]) Giostra: vgl. Geburt der Venus (I, 100, 2), deren Empfang auf der Erde (I, 100, 5—6) und im Olymp (I, 103, 3—4). Der Raub der Europa (I, 105, 5—7). Der Raub der Proserpina (I, 113, 3—4). Bacchus und Ariadne (I, 110, 5).

[2]) In de Fasten nach Moschos Vorbild, vgl. Haupt, Anm. zu d. Met. II, 837.

Bei der Beschreibung des Skulpturwerkes, den *Raub der Proserpina* darstellend (St. 113), musste ausser Ovid selbst, auch noch Claudians[1] hyperovidianische Detailmalerei aushelfen:

1. „Quasi in un tratto vista amata e tolta
    Dal fero Pluto Proserpina pare
    Sopra un gran carro, e la sua chioma sciolta
    A'zefiri amorosi ventilare."

Für den 3. Vers citirt Carducci,[2] ohne nähere Angabe:

... „volucri fertur Proserpina curru
Caesariem diffusa noto" ....

Man sollte denken, dass wenigstens die „Zefiri amorosi" Erfindungen Polizians im Sinne seiner Muster seien; doch auch hierfür findet sich bei Claudian l. c. v. 30:[3]

„levibus projecerat auris
indociles errare comas"

Die Zusammenstellung zeigt also auch hier dasselbe Bild:

Quasi in un tratto amata e tolta

Met. V, 395: „*Paene simul risa est dilectaque*
Dale fero Pluto Proserpina pare
raptaque Diti"

Sopra un gran carro, e la sua chioma sciolta

Claud. II, 248: „*volucri fertur Proserpina curru*
ibid. 249: *Caesariem diffusa noto*"

A Zefiri amorosi ventilare

ibid. II, 30: ... „*levibus projecerat auris*
indociles errare comas."

Im wirklichen Verlauf des in den Stanzen Polizians geschilderten Liebesabenteuers finden sich noch zwei hierher gehörige Stellen:

I. St. 567—8 sieht Giuliano der „Nymphe" nach, im Zweifel, ob er ihr folgen solle:

„Fra se lodando il dolce[4] andar celeste
E'l ventillar dell' angelica veste."

Ohne die folgenden Verse *Ovids* (Ars. Am. III, 299/301) als direktes Vorbild anzunehmen, kann man dieselben doch wegen der Aehnlichkeit in der Stimmung der Beobachtung hier anführen:

Ars. Am. III, 299. „*Est et in incessu pars non temnenda decoris*
Allicit ignotos ille, fugatque viros
Haec movet arte latus, tunicis fluentibus auras
Excipit."

---

[1] Wie Claudians Epithalamien im Ganzen das bevorzugte Vorbild Polizians sind. Vgl. Gaspary l. c. p. 229.
[2] Die Stelle ist aus Claudian, De raptu Proserpinae, II. 248.
[3] Es ist von Apoll die Rede.
[4] Vgl. Alberti oben p. 6: „dolce voleranno".

Weiterhin wird, bei der Beschreibung des Reiches der Venus [1]) (von I. St. 69 ab) die dort herrschende Frühlingsgöttin folgendermaassen (St. 72, 4—8) veranschaulicht:

„Jvi non volgon gli anni il lor quaderno,
Ma lieta Primavera mai non manca
Ch'e' suoi crin biondi e crespi all' aura spiega
E mille fiori in ghirlandetta lega."

Hier wie bei der Hervorhebung des bewegten Beiwerks in der Tracht der Zeitgöttinnen, welche die Venus [2]) empfangen, lässt sich ein direktes Vorbild nicht nachweisen. Man darf aber annehmen, dass der Dichter sich dem Geiste der antiken Dichter so recht nahe fühlte, indem er sich in dieser Ovidianisch-claudianischen Ausmalung der Beweglichkeiten erging.

Mit Polizians Schilderung der Horen, mitsammt jener Ausmalung des bewegten Beiwerks, zeigt die Frauengestalt, welche die Venus auf dem Bilde *Botticellis* begrüsst, eine auffällige Uebereinstimmung. Sie steht (in strengem Profil nach links gerichtet) am Uferrand und hält der herantreibenden Venus den vom Winde geschwellten Mantel entgegen, dessen Rand sie oben mit der weit vorgestreckten Rechten, unten mit der Linken gefasst hält; sie wird in der kritischen Litteratur fast durchgängig als Frühlingsgöttin bezeichnet.[3]) Ihr mit Kornblumen durchwirktes Obergewand legt sich eng an den Körper an und lässt die Umrisse der Beine scharf heraustreten; von der linken Kniekehle ab geht in flachem Bogen ein Faltenzug nach rechts, der unten in fächerförmig gespreizten Falten verflattert; die engen, an den Schultern gepufften Aermeln, legen sich über ein weisses Untergewand aus weichem Stoff. Der grössere Theil ihres blonden Haares weht von den Schläfen aus in langen Wellen nach hinten, aus einem kleineren Theil ist ein starker Zopf gemacht, der in einem Büschel loser Haare endigt. Sie ist die „Frühlingshore", wie sie Polizians Phantasie entspricht:

Sie steht am Ufer, um die Venus zu empfangen; der Wind spielt in ihrem Kleid und kräuselt ihr „blondes Lockenhaar, das sie dem Wind entgegenbreitet." Die Frühlingsgöttin trägt einen Rosenzweig als Gürtel; es ist das ein zu ungewöhnliches Kleidungsstück, als dass er nicht im Sinne der Renaissance-Gelehrten „etwas zu bedeuten" haben sollte.

Geben wir einen Augenblick der naheliegenden Vermuthung Raum, dass Polizian nicht allein durch seine „Giostra", sondern persönlich als gelehrter Berather Botticellis vor die Aufgabe gestellt war, für den „Früh-

---

[1]) Fast ganz nach Claudian, De Nuptiis Honor. et Mar. Vgl. Carducci zu den cit. Versen.

[2]) Für die Venus mit ihrem Haarschmuck sei an Ovids Verse erinnert: (Amor. XIV, 31 ff.)

„Formosae periere comae: quas vellet Apollo,
Quas vellet capiti Bachus inesse suo.
Illis contulerim, quos quondam nuda Dione
Pingitur humenti sustinuisse manu."

[3]) u. a. Meyer l. c. p. 50 u. Text zum Kl. B. III. l. c.

ling" ein klares aber „antikes" Attribut zu finden und zu diesem Zwecke zu seinem Lieblingsdichter Ovid gegriffen hatte. Da las er dann: Met. II, 27 ff. von dem „Frühling" am Throne des Apoll:

„Verque novum stabat cinctum florente corona"[1]

während es andrerseits in d. Fasten V, 217 heisst:

„Conveniunt pictis incinctae vestibus Horae."

Wollte Polizian dieses „cinctum"[2] als „gegürtet" auffassen, so hatte er damit zugleich eine nähere Angabe zu der Art wie „die Hore im bunten gegürteten Gewande" gegürtet war.

Die folgende Stelle aus *Vincenzo Cartari, Le Imagini dei Dei,*[3] beweist, dass sich auch andere Renaissance-Gelehrte den Blumengürtel als Abzeichen der Frühlingsgöttin dachten:

„Le hore, lequali dicono essere i quattro tempi dell'anno, aprire e servare le porte del Cielo, sono date talhora al Sole, e tale altra a Cerere, e perciò portano *due ceste, l'una di fiori, per la quale si mostra la Primavera,* l'altra piena di spiche, che significa la està. Et Ovidio pari mente dice nei fasti[4] che queste stanno in compagnia di Jano [Apollo] alla guardia delle porte del Cielo, e quando poi racconta di Flora, in potere della quale sono i fioriti prati, dice che le hore vestite di sottilissimi veli vengono in questi talhora à raccogliere diuersi fiori da farsene belle ghirlande."

Aus dieser verworrenen Gelehrsamkeit geht doch soviel hervor, dass die beiden citirten Stellen aus Ovid auch hier die Hauptquellen sind.

Auch eine Frühlingsfigur aus venezianischem Gelehrtenkreise gehört hierher:

In der *Hypnerotomachia Poliphili,*[5] dem archäologischen Roman der Frührenaissance, sieht Poliphilus unter vielen anderen Kunstwerken beim Triumphe des Vertumnus und der Pomona[6] eine „sacra ara quadrangula" mit den Personificationen der vier Jahreszeiten „in candido et luculeo marmoro."

„In qualunque fronte della quale uno incredibile expresso duna elegante imagine promineva, quasi exacta. La prima era una pulcherrima

---

[1] Ebenso Ep. ex Ponto III, 1. 111: „Tu neque ver sentis cinctum florente corona."
[2] Während es richtiger ist, das „cinctum florente corona" als bekränzt (sc. auf dem Kopfe) aufzufassen. Die Fasten Ovids waren auch ein Hauptgegenstand der öffentlichen Vorlesungen Polizians: vgl. Gaspary l. c. II p. 667. Ueber sein Gedicht in der Art der Fasten vgl. Mencken, Vita Poliziani (Lpzg. 1736) p. 609.
[3] Erste Ausg. v. 1556 p. CXIX.
[4] Verwechslung mit Met. II.
[5] Der Verfasser der Hypnerotomachia ist der Dominicaner Francesco Colonna (gest. 1527, 2. Oct., in Venedig). Nach der Vorrede, die Leonardo Crasso, Herausgeber des Buches, der ersten Ausgabe von 1499 (bei Aldus in Venedig) mitgab, war das Buch 1467 in Treviso verfasst. Vgl. A. Ilg, Der kunsthistorische Werth der Hypnerotomachia Poliphili, Wien, 1872, dazu Lippmann, *IbPrKss.* IV (1884) p. 198. Neuerdings sind die Holzschnitte von J. W. Appel, London, 1888, in Reproductionen herausgegeben.
[6] Fol. M. IIII v.

Dea cum volante trecce cincte[1] de rose et altri fiori, cum tenuissimo supparo[2] aemulante gli venustissimi membri subjecti, cum la dextra sopra uno sacrificulo de uno antiquario Chyrotropode[3] flammula prosiliente. Fiori et rose divotamente spargeva, et nel altra teniva un

FLORIDO VERI S.

Abb. 2. Aus der Hypnerotomachia Poliphili:
„Der Frühling".

ramulo di olente et baccato[4] Myrtho. Par a lei uno alifero et speciosissimo puerulo cum gli vulnerabondi insignii ridente extava, et due columbine similme(n)te, sotto gli pedi della quale figura era inscripta:
Florido veri S."

---

[1] Hier also ist die citirte Stelle des Ovid (cinctum — bekränzt) richtig verstanden.
[2] Subucula, Untergrund.
[3] Chyrotropus, Kohlenbecken. Vulg. Interpr. Levit. 11, 35.
[4] buccatus.

Der entsprechende Holzschnitt zeigt eine ruhig stehende Frau im Profil n. r., die mit der L. Blumen in den „antiquario Chyrotropode" wirft und in der R. den Myrthenzweig hält. Ein mächtiger Haarschopf flattert nach l. Vor ihrer r. Seite steht der nackte, geflügelte Amor mit Pfeil und Bogen. In der Luft fliegen drei Tauben.[1] Aus einer ganzen Reihe von Illustrationen und deren Beschreibungen in der Hypnerotomachia geht es auch sonst klar hervor, dass auch für einen venezianischen Gelehrten, wenn es galt, die antike Kunst in ihren bezeichnendsten Leistungen wieder erstehen zu lassen, die äussere Beweglichkeit der Gestalten als eine charakteristische Zuthat galt.[2]

Noch im sechszehnten Jahrhundert heisst es bei *Luigi Alamanni* (1494—1556) von der Flora:[3]

v. 13. „Questa dovunque il piè leggiadro muove,
Empie di frondi e fior la terra intorno,
Che Primavera è seco, e verno altrove
Le spiega all' aure i crin, fa invidia al giorno."

Es sei jetzt noch eine Zeichnung herangezogen, die mit der „Geburt der Venus" in Verbindung gebracht wird; aus ihr geht endgültig hervor, dass es zwar einseitig, aber nicht unberechtigt ist, die Behandlung des bewegten Beiwerkes zum Kriterium des „Einflusses der Antike" zu machen.

Es ist eine *Federzeichnung aus dem Besitz des Herzogs von Aumale*, die 1879 in Paris ausgestellt war und von Braun photographirt ist, in dessen Catalog (1887) sie folgendermaassen beschrieben wird:

p. 376. „N° 20. Etude pour une composition de Venus sortant de l'onde pour le tableau aux Uffizii."

Die Zeichnung[1] rührt schwerlich von Botticelli selbst her — dafür sind die Details zu roh behandelt (z. B. Hände und Brust der nackten Frauenfigur) — sondern ist wohl von einer routinirten Künstlerhand aus dem Schülerkreise Botticellis gegen Ende des XV. Jahrh. gezeichnet.

Ebensowenig ist ein Entwurf für die „Geburt der Venus" darin zu erkennen, da die nackte Frauenfigur nur eine ganz ungefähre Aehnlichkeit in der Stellung mit Botticellis Venus hat.

Auf dem Blatte sind fünf Figuren abgebildet: Links der Oberkörper einer vom Rücken gesehenen Frau, die ein Tuch um den Rücken genommen hat, das vorne zusammengehalten wird. Der Kopf ist nach r. zum Beschauer herausgewendet. Ihr Haar, von dem sie einen Theil als Kranz auf dem Kopfe trägt, fällt in einer dicken Flechte auf die nackten Schultern herab. Der r. Arm ist erhoben.

---

[1] Vergl. Abb. 2.
[2] Man vgl., um nur das Wichtigste hervorzuheben, die Beschreibung der „Nymphe" auf dem Obelisken und deren Abbildung Appel No. 5, ausserdem Appel No. 9, 10, 22, 76/78.
[3] Flora in Campagna. ed. Raffaelli, 1859, p. 4.
[4] In Chantilly vgl. Abb. 3. Vgl. Ph. de Chennevières, *GdbA*. 1879. p. 514: „Notons encore la Vénus sortant de l'onde du même Botticelli, première pensée du tableau des Offices de Florence et provenant de la collection Reiset."

— 14 —

Die nackte Frauenfigur neben ihr — ungefähr in der Pose der Medicaeischen Venus, hält den r. Arm rechtwinklig vor die Brust (ohne dieselbe zu verhüllen), mit dem l. Arm den Unterkörper bedeckend. Die

Abb. 3. Zeichnung Botticellis (?) in Chantilly.
Nach einer Photographie von Ad. Braun & Co., Braun, Clément & Cie., Nachfr. in Dornach i. Els. und Paris.

Beine sind kreuzweise verschränkt und die Füsse stehen in rechtem Winkel zu einander, eine Stellung, die nicht fest genug erscheint, um den etwas zurückgebogenen Oberkörper zu tragen.

Ihr Haar ist in der Mitte gescheitelt, dann zusammengenommen und als Flechte um den Hinterkopf gelegt, in einen frei flatternden Schopf auslaufend. Dieselbe „brise imaginaire" verursacht auch die Schwellung eines shawlartigen Gewandstückes, das auf der l. Schulter aufliegt.

Die anderen drei Gestalten scheinen einer antiken friesartigen Composition entnommen. Eine Frau mit Leyer in der L. im Chiton und aussen gegürteten Ueberschlag, daneben der behelmte Kopf eines Jünglings und als Abschluss ein Jüngling in starker Schrittstellung nach R., den Kopf im Profil zurückgewendet.

Es ergab sich, dass diese drei Figuren in der That einer *Sarkophag-Darstellung des "Achill auf Skyros"* entnommen sind: die Frau mit der Leyer ist eine der Töchter des Lykomedes und der stark ausschreitende Jüngling der entfliehende Achilles.[1])

Abb. 4. Darstellung aus der Achilleis.
Nach Robert, die antiken Sarkophag-Reliefs. (Grote.)

Da die Verstümmelungen auf der Zeichnung nicht willkürlich ergänzt sind, so lässt sich das vorbildliche Exemplar genau bestimmen: Es ist der heute in *Woburn-Abbey* aufbewahrte *Sarkophag*, welcher sich ursprünglich unter den Reliefs befand, die seit der Mitte des 14. Jahrh. an der Treppe von St. Maria Araceli in Rom eingemauert waren.[2])

Michaelis[3]) beschreibt ihn folgendermaassen: „To the l. of Achilleus are visible four daughters of Lykomedes: one in chiton and a chlamys

---

[1]) Statius, Achilleis, v. 835 ff.:
„Nec servare vices nec brachia jungere curat
Tunc molles gressus, tunc aspernatur amictus
Plus solito rumpitque choros et plurima turbat."
[2]) Vgl. Beschreibung Roms, III, I, p. 349, u. Dessau, *Sitzungsber. d. Berl. Akad.*, 1883, II, p. 1075 ff.
[3]) Ancient Marbles in Great Britain, p. 735.

draped like a shawl, and in a position similar to that of Odysseus, is holding a cithara (restored at the top), another dressed in the same way is hurrying l. (her forearms and flute have been added by the restorer), of the two other sisters only the heads are visible in the back ground." Ferner seien Achills rechter Arm und die Lanze ergänzt. Aus der Zeichnung Eichlers[1]) geht ferner hervor, dass auch der Unterarm der weibl. Figur mit der Leyer ergänzt ist.

Da sich sämmtliche Fragmentirungen ebenso auf der Zeichnung finden, so ist dieselbe nach eben diesem Sarkophag gemacht, als er noch an der Treppe von St. Maria Araceli in Rom eingemauert war.

Die beiden Modellstudien nebenan zeigen, wie ein Künstler des XV. J. sich aus einem Originalwerk des Alterthums das heraussucht, was ihn „interessirt". In diesem Fall nichts weiter, als einerseits das oval geschwellte Gewandstück, das er als Shawl (dessen Ende von der l. Schulter zur r. Hüfte herabgeht) ergänzte, um sich das Motiv verständlich zu machen, und andererseits der Haarputz der Frauenfigur, den er mit frei flatterndem Schopf (von dem auf dem Vorbild nichts zu sehen ist) versah, sicherlich in der Meinung, recht „antikisch" zu sein.

Noch auf *Pirro Ligorio* (gest. 1583) machen die „tanzenden Nymphen" auf diesem Sarkophag einen besonderen Eindruck:[2])

„16. (Achill auf Skyros.) Di Achille et di Ulysse. Veramente non è di far poca stima d' un altro monumento, di un pilo che è ancora quivi presso al sudetto, per esser copioso di figure, di huomini armati et di donne lascivamente restite.... (Lücke in Dessaus Publication) Nel pilo sono sei donne sculpite come vaghe Nymphe, di sottilissimi veli vestite, alcune di esse demostrano ballare o far balzandosi atti con un velo, con li panni tanti sottili et trasparenti, che quasi gnude si demostrano, l' una delle guali suona una lyra, et l' altra havendo lasciato il ballo sono come che corse a pigliar Achille."

Es lässt sich noch aus einem anderen Gebiet ein gleichartiges Beispiel dafür vorbringen, dass man damals derartigen weiblichen Figuren mit bewegter Gewandung eine besondere vorgefasste Meinung entgegenbrachte:

Filarete berichtet nach *Plinius* von Kunstwerken, die sich in Rom befanden:[3]) „Eragli ancora quattro satiri dipinti, i quali ancora per la loro bellezza furono portati a Roma, i quali l'uno portaua Baccho insù la spalla: l'altro la coprina, un altro gli era che pareua che piangesse come uno fanciullo; il quarto beuena in una cratera del compagnio. Eragli ancora due ninphe con panni sottili suolazzanti."

Von „ninphe" weiss Plinius[1]) nichts; dort heisst es: „duaeque aurae velificantes sua veste."

Dass nicht allein für Filarete die „aurae" Nymphen waren, zeigt nichts besser als die Thatsache, dass die frühesten Herausgeber des Plinius-

---
[1]) Bei Robert, Die antiken Sarkophag-Reliefs, II. Taf. XIX, 34. Darnach Abb. 4.
[2]) Dessau l. c.. p. 1093.
[3]) Vgl. ed. Oettingen. p. 733.
[4]) 36, 5, 29.

textes die aurae, deren Bedeutung ihnen nicht ganz klar sein mochte, im Text einfach durch „nymphae" ersetzten.

In der Princeps editio v. 1469[1]) des *Joh. Spira* heisst es noch:
„duaeque aurae nelificantes sua veste."

Dagegen steht in der Ausgabe der *Sweynheym und Pannartz* von 1473:[2])
„Dueque nymphe velificantes sua veste."

Und ebenso in der Ausgabe von *Parma* vom Jahre 1481:[3])
„Duaeque nymphae velificantes sua veste."

Auch in der Pliniusversion des *Cristoforo Landino* liest man:[4])
„Item due nimphe che fanno vele delle proprie veste."

Damit seien die Excursionen, soweit sie Botticellis Geburt der Venus zum Ausgangspunkt haben, abgeschlossen. Bei einer Reihe dem Gegenstande nach einander nahestehender Kunstwerke: in dem Gemälde Botticellis, der Dichtung Polizians, dem archäologischen Roman des Francesco Colonna, der Zeichnung aus dem Kreise Botticellis und in der Kunstbeschreibung des Filarete, trat die auf Grund des damaligen Wissens von der Antike ausgebildete Neigung zu Tage, auf die Kunstwerke des Alterthums zurückzugreifen, sobald es sich um die Verkörperung äusserlich bewegten Lebens handelte.

---

[1]) Hain, Rep. 13087.
[2]) Hain, Rep. 13090.
[3]) Hain, Rep. 13091.
[4]) Nach der Ausg. v. 1534, p. DCCLXVII.

ANHANG.

„DIE VERSCHOLLENE PALLAS."

Die Verknüpfung einer historischen Nachricht bei *Vasari* mit anderen Zeugnissen lässt auch noch den Nachweis einer den frühen Kunsthistorikern indirekt bekannten Beziehung zwischen Polizian und Botticelli zu. Die methodische Wichtigkeit dieser Belege macht eine kurze Unterbrechung der rein ikonographischen Ausführungen erforderlich.

Ulmanns[1]) Ausführungen ist mit Sicherheit zu entnehmen, dass eine von ihm publizirte *Zeichnung Botticellis* aus der Sammlung der Uffizi der Entwurf zu einer Athena auf dem von Müntz publizirten[2]) Teppich ist und dass ferner eine Stelle im Inventar der Medici[3]) über ein Bild des Botticelli in der „camera di Piero" (nach Ulmanns Conjectur) auf das Bild einer Pallas zu deuten ist. Ulmann versuchte nun diese Pallas mit derjenigen in Zusammenhang zu bringen, die Vasari[4]) folgendermaassen beschreibt: „In casa Medici, a Lorenzo vecchio lavorò molte cose: e massimamente una Pallade su una impresa di bronconi che buttavano fuoco; grande quanto il vivo."

Einen Zusammenhang zwischen dieser Pallas und jener auf dem Teppich anzunehmen ist jedoch unnöthig, weil sich durch Verknüpfung einer Stelle bei *Paolo Giorio*, eines Epigramms von *Polizian*, einer *Zeichnung Botticellis* und einer *Holzschnitt-Illustration* zur *Giostra* Polizians von dieser „Pallade su una impresa di bronconi" ein fester umrissenes Bild gewinnen lässt. Bei *Paolo Giorio*[5]) wird nämlich eine derartige „impresa" als Wappen des Piero di Lorenzo erwähnt, die auf Polizians Erfindung zurückgehe: „Usò il magnifico Pietro, figliuolo, come giovane ed innamorato, i tronconi verdi incavalcati i quali mostravano fiamme, e vampi di fuoco in-

---

[1]) Vgl. oben p. 2.
[2]) Hist. de la Ren. I, als Farbendruck.
[3]) E. Müntz, Les Collections des Médicis au XVme siècle, Paris, 1888, p. 86: „Nella camera di Piero. Uno panno in uno intavolata messo d'oro alto bra. 4 in circha e largo bra. 2: entrovi una fighura di Pa[llade] et con uno schudo d'andresse (sic) e uno lancia d'archo di mano di Sandro da Botticello. f. 10."
[4]) III, 312.
[5]) Abgedr. in d. Biblioteca Rara von C. Téoli, p. 32. Auch Del Lungo l. c., p. 164, verweist zum Epigramm CIV: „Pro Pietro Medice" „In viridi teneras exurit flamma medullas" auf Giorio.

trinseco, per significare che il suo ardor d'amore era incomparabile, poi ch'egli abbrucciava le legna verdi, e fù questa invenzione del dottissimo uomo M. Angelo Poliziano, il quale gli fece ancor questo motto d'un verso latino: „In viridi teneras exurit flamma medullas." [1]

Da das im Inventar erwähnte Bild in der „Camera di Piero" hing, so wird der Zusammenhang klar und es fragt sich nur, wie wir uns diese „übereinander gelegten Scheite brennenden Holzes" vorzustellen haben.

Abb. 5. Holzschnitt zur Giostra-Ausgabe v. 1513.
Nach Geiger, Renaissance und Humanismus. (Grote.)

Das Bild war etwa 2,44 m lang und 1,22 breit,[2] so dass, wenn die Athena lebensgross dargestellt war, unten oder oben noch etwa ein Drittel der Fläche freiblieb. Für das, was in dem unteren Drittel abgebildet war, gewährt nun ein *Holzschnitt*, der das Schlussbild zur *Giostra-Ausgabe* von *1513* bildet, einen Anhalt.[3] Man erblickt Giuliano, knieend mit erhobenen Händen eine Göttin anflehend, die in einer Nische steht; die Göttin stützt

[1] Vasari giebt in den Ragionamenti die Bronconi dem älteren Giuliano als Liebeswappen: „Dicono che questa impresa portò Giuliano nella sua giostra sopra l'elmo, dinotando per quella, che, ancora che la speranza fusse dello amor suo tronca, sempre era verde, e sempre ardea, ne mai si consumava." Vas. Mil. VIII, p. 118. Noch 1513 führt der Sohn Pieros Lorenzo den „Broncone" als Abzeichen seiner Cameralsgesellschaft. Vas. Mil. VI, p. 251.

[2] Das geht aus Folgendem hervor: In dem Inventar des Lorenzo wird p. 85 angeführt: „Una storietta di bronzo di br. 1 per ogni verso, entrovi uno Christo crucifixo innmezzo di ladroni dua con otto fighure in piè, f. 10." Dieses quadratische Bronzerelief ist zweifellos identisch mit der Kreuzigung im Bargello in Florenz, das M. Semrau, Donatello's Kanzeln in S. Lorenzo, 1891, p. 206/209, als Werk des Bertoldo di Giovanni nachgewiesen hat. Nach Mittheilung Semraus ist das Relief 61 cm hoch und breit. Danach ergeben sich für Botticellis Bild die oben erwähnten Maasse.

[3] Expl. im Berl. Kupferstchn. (299/8a). Der betr. Holzschnitt ist mit Text reproduzirt bei Geiger, Renaissance und Humanismus, zu p. 198. Danach Abb. 5.

Abb. 6. Botticelli, Zeichnung in Mailand.
Nach einer Photographie von Ad. Braun & Co., Braun, Clément & Cie., Nachf., in Dornach i. Els. und Paris.

sich mit der R. auf einen Speer, vor ihr steht ein rechteckiger Altar, der auf der breiten Vorderseite die Inschrift „Citarea" trägt. In der Mitte liegen brennende Scheite. Das Bild illustrirt den Anruf des Giuliano an Pallas und an Venus vor dem Aufruf zum Turnier. Die Statue wird wohl die Pallas vorstellen, während der Altar mit dem brennenden jungen Holze der Venus gewidmet ist. Der Text des Gedichtes giebt zur Darstellung der „Bronconi" keinen unmittelbaren Anlass.[1])

Durch den Holzschnitt wird *Botticellis Zeichnung in Mailand* erklärt. Soweit es sich aus der Photographie von Braun[2]) ersehen lässt, sind auf einem Blatte zwei Figuren zusammengestellt. Unten kniet ein bartloser Jüngling, der die Hände flehend erhebt; sein langer Mantel bildet auf dem Boden ausstrahlende Falten. Ueber seinem Kopfe ist in einem segmentartigen Ausschnitt die Figur einer Frau eingefügt, die auf einem antikisirenden vasenartigen Untersatze steht; in der R. hält sie einen Streitkolben, mit der L. fasst sie den oberen Rand eines Schildes mit einem Gorgoneion in der Mitte.

Ein Blick auf den Holzschnitt ermöglicht die Correctur der Zusammenfügung und Erkenntniss des Bildinhaltes.

Die Göttin müsste weiter rechts vor dem knieendem Jüngling stehen, unter Ihr der Altar mit den brennenden Scheiten. Denn trotz einzelner Abweichungen (in der Gewandung des Knieenden und in dem vereinfachten Faltenwurf und der veränderten Bewaffnung der Pallas) kann man annehmen, dass man in der Mailänder Zeichnung einen Entwurf zur Illustration der Schlussscene der Giostra[3]) zu sehen hat.

Auf dem verlorenen Bild Botticellis kann nun (des Formates wegen) der kniende Giuliano schwerlich mit dargestellt sein, so dass wir die Zeichnung nicht als Entwurf für das Bild ansehen können; immerhin kann man sich nach dem Vorhergehenden eine begründete Vorstellung von dem Gemälde machen; im Zimmer des Piero di Lorenzo[4]) hing eine Athena mit einem Speer in der Rechten und einem Schilde vor sich, unter ihr, etwa ein Drittel der Fläche einnehmend, ein Altar mit einem brennenden Scheit Holz.

Auch bei der Untersuchung des „Frühlings" soll zunächst der Gesichtspunkt beibehalten werden, bei der Darstellung des bewegten Beiwerkes nach dem „Einfluss" antiker Vorbilder zu suchen, ebenso wie bei der Frage nach dem Inspirator des Concettos und dessen Auftraggeber zuerst an Polizian und die Medici zu denken sein wird.

---

[1]) St II, 41 ff.
[2]) Braun, 257/258. Danach Abb. 6.
[3]) Dieses Ergebnis würde zur Vermuthung Lippmanns (*Jbl'PK̃ss*. 82, p. 187 ff.) passen, der die Entstehung der einzelnen Holzschnitte der Giostra in die Jahre 1490/1500 setzt und auch in den Illustrationen zu den Rappresentazioni „die Kunstrichtung Botticellis deutlich ausgeprägt" findet.
[4]) Neuerdings ist auch versucht worden, das Bildnis des sog. „Pico della Mirandula" in den Uffizi als ein von Botticelli zw. 1492/1494 gemaltes Portrait des Piero di Lorenzo nachzuweisen. Vgl. *Archivio storico dell' Arte* I, 290 u. p. 465.

ZWEITER ABSCHNITT.

„DER FRÜHLING."

> „..... What mystery here is read
> Of homage or of hope? But how command
> Dead Springs to answer? And how question here
> These mummers of that wind-whithered New Year?"
>
> Dante Gabriel Rossetti, For Spring
> by Sandro Botticelli.

Vasari erwähnt den sogenannten „Frühling" zusammen mit der „Geburt der Venus".[1])

„..... oggi ancora a Castello, villa del Duca Cosimo, sono due quadri figurati, l' uno, Venere che nasce, e quelle aure e venti che la fanno venire in terra con gli amori; e cosi un altra Venere, che le Grazie la fioriscono, dinotando la Primavera."

Vasari nennt also für beide Bilder, in deutlicher Betonung der Correspondenz, die Venus als Mittelpunkt: l' uno, Venere che nasce .... e cosi un altra Venere che le Grazie fioriscono ....

Trotzdem wird das Bild in der kritischen Litteratur fast durchweg einfach als „Allegorie auf den Frühling" bezeichnet, eine Auffassung, die die Verschiedenheit der Grösse der Bilder[2]) und der getrennte Aufbewahrungsort begünstigen.[3])

Im Text zum klassischen Bilderschatz hat Bayersdorfer letzthin eine ausführliche Deutung gegeben.

„Allegorie auf den Frühling. In der Mitte steht Venus, über deren Haupt der schwebende Amor glühende Pfeile nach den links tanzenden Grazien verschiesst. Neben diesen Merkur, welcher mit dem Caduceus die Nebel in den Baumwipfeln zerstreut. Auf der rechten Hälfte geht

---

[1]) Vgl. oben p. 7.
[2]) Der „Frühling" befindet sich heute in der Akademie in Florenz. Nach der Angabe im „Klassischen Bilderschatz" auf Holz 203:314 cm. Bd. 1 (1889) p. X. Abb. No. 140.
[3]) G. Kinkel, Mosaik zur Kunstgeschichte, 1876, p. 398, hat dagegen deutlich darauf hingewiesen, dass die beiden Bilder Gegenstücke seien.

SANDRO BOTTICELLI. FRÜHLING.

Nach einer Photographie von Ad. Braun & Co., Br.

FLORENZ, AKADEMIE.

Flora[1]) rosenstreuend durchs Gefilde, während der fliehenden Erdnymphe bei der Berührung Zephyrs Blumen aus dem Munde entspriessen. Für Cosimos Villa Careggi[2]) gemalt, gegenwärtig in der Akademie zu Florenz." Die Benennungen, die sich im Laufe der vorliegenden Arbeit ergeben hatten, stimmen mit dieser Deutung überein, nur dass die „Erdnymphe" wohl „Flora" zu benennen wäre und das rosenstreuende Mädchen nicht als „Flora" sondern als Frühlingsgöttin zu bezeichnen ist.

Auf beide Punkte soll noch an den einschlägigen Stellen zurückgekommen werden. Der Versuch, zur Erklärung der Ausgestaltung des Bildes analoge Vorstellungen der gleichzeitigen kritischen Litteratur und Kunst, der redenden wie der bildenden, heranzuziehen, erweist sich bereits bei der naheliegenden Lektüre des Alberti[3]) als fruchtbar.

Die *drei tanzenden Grazien* werden dort als Gegenstand eines Bildes empfohlen, nachdem vorher die „Verleumdung des Apelles" (die ja Botticelli ebenfalls illustrirte[4]) als besonders glückliche Invention den Malern ans Herz gelegt worden war:

„Piacerebbe ancora vedere quelle tre sorelle, a quali si pose nome Eglie, Heufronesis et Thalia, quali si dipignievano prese fra loro l'una e' altra per mano, ridendo, con la vesta scinta et ben monda; per quali volea s' intendesse la liberalità, chè una di queste sorelle dà, l'altra riceve, la terza rendi il beneficio, quali gradi debbano in ogni perfetta liberalità essere."

Wie Alberti die Beschreibung der „Verleumdung des Apelles" mit der Bemerkung geschlossen:[5])

„Quale istoria, se mentre che si recita, piace, pensa quanto avesse gratia et amenità dipinta di mano d'Apelle", so knüpft er auch an das zweite Concetto, in dem stolzen Gefühl des glücklichen Entdeckers, die Worte: „Adunque si vede quanti lodi porgano simile inventioni al artefice. Pertanto consiglio, ciascuno pictore molto si faccia familiare ad i poeti, rhetorici et ad li altri simili dotti di lettera, sia che costoro doueranno nuove inventioni o certo ajuteranno ad bello componere sua storia, per quali certo adquisteranno in sua pictura molte lode et nome."

Dass Botticelli gerade diese Musterbeispiele des Alberti verkörperte giebt einen weiteren Beleg dafür, wie sehr er oder sein gelehrter Rathgeber von dem Ideenkreis des Alberti „beeinflusst" wurde.

---

[1]) Vgl. Bayer, „Aus Italien," 1885, p. 269, „Frau Venus in der Renaissance":
„..... ist es der Zephyr, welcher die Nymphe der Waldflur umweht und umfängt? Rosenknospen quellen aus ihrem Mund und gleiten auf das Gewand der Nachbarin herab: diese ist wohl Flora selbst."

[2]) In dem Text zum dritten Band des Klassischen Bilderschatzes (1891), p. VIII, ist dagegen Castello als Bestimmungsort, Vasari entsprechend, angegeben; innerlich wahrscheinlich wäre freilich Careggi, der Versammlungsort der platonisirenden Gesellschaft.

[3]) Lib. de pict., ed. Janitschek, p. 147.

[4]) Vgl. Rich. Foerster, Die Verleumdung des Apelles in der Renaissance. *IbPrKss.* VIII (1887), p. 27 ff.

[5]) L. c., p. 117.

Janitschek weist in Anmerkg. 62 darauf hin, dass diese Allegorien aus *Seneca* de benef. I c. 3 nach Chrysippos entlehnt sei. Die Stelle lautet: „quare tres Gratiae et quare sorores sint et quare manibus inplexis et quare ridentes juvenes et virgines solutaque ac perlucida veste. Alii quidem videri volunt unam esse quae det beneficium, alteram quae accipiat, tertiam quae reddat. Alii beneficiorum tria genera, promerentium, reddentium, simul et accipientium reddentiumque."

Zum Schluss bemerkt Seneca:
„Ergo et Mercurius una stat, non quia beneficia ratio commendat vel oratio, sed quia pictori ita visum est."

Dass das gürtellose und durchsichtige Gewand dem Maler als unumgängliches Characteristicum galt, geht aus der Gewandung der Grazie, die am weitesten links steht, hervor: trotzdem die Faltenmotive über dem r. Oberschenkel nur durch Schnürung entstanden sein können, ist von dem Gürtel nichts zu sehen, so dass, dem Motiv zu Liebe, für die Lage des Gewandes eine sichtbare Begründung fehlt.

Im *Codex Pighianus*,[1]) jenem bekannten Bande mit Zeichnungen nach Antiken aus der Mitte des 16. Jahrh., ist auch eine Abbildung nach einem Relief mit drei tanzenden langbekleideten Frauen, welches sich heute in Florenz in der Sammlung der Uffizi befindet.[2]) Darunter hat der Zeichner die Worte gesetzt:

„Gratiae Horatii Saltantes".

Jahn dachte, dass sie sich auf *Carm.* I, 4, 6/7 bezögen:

„junctaeque Nymphis Gratiae decentes alterno terram quatiunt pede."

Sollte Pighius nicht eher an die Schilderung in *Carm.* I, XXX:

„Fervidus tecum puer et solutis Gratiae zonis"

gedacht haben, welche jener Vorstellung der Grazien des Alberti (bezw. Seneca) als Frauen in gelöstem und ungegürtetem Gewande entsprechen würden?

Im Louvre befindet sich ein *Frescofragment*, das aus der nahe der Villa Careggi liegenden *Villa Lemmi* stammt und *Botticelli* zugeschrieben wird.[3]) Es stellt die drei Grazien dar, wie sie sich der Giovanna d'Albizzi am Tage ihrer Hochzeit mit Giovanni Tornabuoni (1486) unter der Führung der Venus mit Geschenken nahen.

---

[1]) Berlin, Kgl. Bibl., A. 61. vgl. oben p. 7.
[2]) No. 49, fol. 320. Vgl. Jahn, *Sächs. Ber.* 1868, p. 186. Abgeb. Winckelmann, M. J. 147. Bespr. Dütschke, Ant. Bw. III, p. 235. Hauser, Neu-Attische Reliefs, p. 49, No. 63, u. dazu p. 147.
[3]) Phot. Brogi. Vgl. Cos. Conti, *L'Art*, 1881 (IV, 86/87) u. 1882 (I, 59/60): „Découverte de deux fragments de Sandro Botticelli"; danach Ch. Ephrussi, *Gdb.*1. 1882, p. 442. 447; ebend. dort auch Abb. der Bruchstücke. Neuerdings auch zu vgl. A. Heiss, Les Médailleurs de la Ren., Florence et les Florentins, Paris, 1891, p. 56 ff. Ueber Giovanna Tornabuoni vgl. ferner: F. Sitwell, Types of beauty. *Art Journal* 1889, p. 1. Ebend. Abb. ihres Portraits v. 1488, d. Ghirlandajo zugeschrieben, und Enrico Ridolfi, Giovanna Tornabuoni e Ginevra dei Benci sul coro di Santa Maria Novella in Firenze. Firenze, 1890. (Nach dem Auszug in *Arch. Stor. dell' Arte*, 1891, p. 68/69.)

Die drei hintereinander herschreitenden Grazien haben dasselbe ungegürtete Idealcostüm wie auf dem „Frühling", nur dass die beiden letzten (v. l. aus) ausser ihrem hemdartigen Gewand noch einen Mantel haben, dessen oberer Rand bei der am weitesten hinten stehenden Grazie wulstförmig von der r. Schulter herabwallt und von dem unteren Theil des Oberkörpers — gerade wie bei der Grazie auf dem „Frühling" einen vorhängenden Bausch bildet, ohne dass die Art der Befestigung desselben klar wäre.

Ob die Fresken das eigenhändige Werk Botticellis sind, wie Cos. Conti will, oder zum Theil wenigstens von Gehilfen ausgeführt wurden, wie Ephrussi meint, lässt sich allein nach den Abbildungen schwer entscheiden. Manche Härten in der Zeichnung sprechen für die letztere Auffassung.[1])

Cosimo Conti hatte *zwei Medaillen* [2]) zum Nachweis der Identität der Dame in Zeittracht mit der Giovanna Tornabuoni herangezogen, die beide auf der Vorderseite den Portraitkopf derselben zeigen: auf der Rückseite sind zwei verschiedene mythologische Scenen abgebildet, deren formale Behandlung wiederum ikonographisch bemerkenswerth ist.

Die *Rückseite* der einen Medaille (l. c. 13) zeigt *die drei Grazien* nackt, in der bekannten Verschlingung; sie sind — wie auch eine Beschreibung eines Gemäldes in der Ruhmeshalle für Künstler bei *Filarete* im XIX. Buch (ed. Oettingen, p. 735) — eines jener Beispiele dafür, dass den damaligen Künstlern die drei Göttinnen auch in dieser Gruppirung geläufig waren.[3]) Als Umschrift haben sie: „Castitas. Pul[chr]itudo. Amor."

---

[1]) Bei Vasari, Mil. III, 269, wird erwähnt, dass Ghirlandajo für die Tornabuoni in Chiasso Macerelli (das ist eben die heutige Villa Lemini) eine Capelle al fresco ausmalte. Ein Künstler, stylistisch zwischen Botticelli und Ghirlandajo stehend, könnte wohl jene Fresken gemacht haben: doch lässt sich diese Frage für den Verf. erst nach Autopsie der Fresken behandeln.

[2]) Sammlung d. Uffizi, Florenz. Abg. bei Friedlaender, Die italienischen Schaumünzen des fünfzehnten Jahrhunderts. *JbPrKss.*, II, Taf. 28. 13 u. 14, p. 243 als Werke d. Niccolo Fiorentino bezeichnet.

[3]) Schon seit der 1. II. d. XV. Jahrh. sind sie nachzuweisen: 1. Im Skb. d. Jac. Bellini, Bl. 31; vgl. Gaye, *Schorns Kunstblatt*, 1840. 2. Auf dem Relief des Agost. di Duccio in Rimini, den Apollo darstellend, als Verzierung des Leyerknaufes; vgl. Cartari, Imagini l. c., p. 121, unter Berufung auf Macrobio [wohl I. 17, 13]; Phot. Alin. 10061. 3. Auf dem Fresco des Triumphes d. Venus im Pal. Schifanoja; Phot. Alin. 10724. 4. In einem Initial zu einer Horazhandschrift (Berlin, Kpstcbn. Ham. Ms. 334), die für Ferdinand von Neapel (1458—1494) geschrieben wurde. 5. Auf einem Holzschnitt des Meisters J. B., der sich nach E. Galichon, *GdbA.* IV (1859), p. 256—274, in der Hamburger Kunsthalle befand (dorten nicht mehr aufzufinden). Nach der Beschreibg. standen sie unter einem Tempel. Ueber die Statuen d. Grazien in Siena und deren Nachbildungen vgl. Schmarsow, Raphael und Pinturicchio, 1880, p. 6. Auf einer Münze des Leone Leoni, abg. E. Plon, Leone Leoni et Pompeo Leoni, Paris, 1887, pl. XXXI. 4 (aus d. 1. II. d. XVI. Jahrh.), sind die Grazien zusammen mit zwei Putten (r. u. l.) abgebildet, die von ihnen Früchte oder Blumen empfangen, so, wie sie auf antiken Sarcophagreliefs vorkommen. Vgl. Bartoli, Admiranda, 2. Aufl., Taf. 68: „In Aedibus Matthciorum". Schon bei Aldovrandi, Le statue antiche di Roma, wird ein Relief mit den drei nackten Grazien im Hause des Carlo da Fano erwähnt; ed. 1562, p. 144.

Zeigte uns die Rückseite der ersten Schaumünze die antiken Göttinnen, so wie wir sie seit Winckelmann[1] „im Geiste der Antike" zu sehen gewohnt sind, nämlich: nackt und in ruhiger Stellung, so weist der Revers der zweiten Medaille[2]) eine Frauenfigur auf, welche wiederum jene unbegründete starke Bewegtheit in Haar und Gewandung zur Schau trägt. Sie steht auf Wolken, den Kopf, dessen Haare nach beiden Seiten flattern, etwas nach r. gewendet; ihr Kleid ist aufgeschürzt und bildet einen aussen gegürteten Bausch; der Saum ihres Gewandes und eines darüber hängenden Thierfelles flattern im Winde. Der Pfeil, den sie in der erhobenen Rechten hält, der Bogen in der gesenkten Linken, der Köcher mit Pfeilen, der über ihrer r. Hüfte heraussieht, und die Halbstiefel charakterisiren sie als Jägerin. Die Umschrift, ein Vers aus *Virgils Aeneis* (I, 315), erklärt sie:

„Virginis os habitumque gerens et Virginis arma."

Die folgenden Verse beschreiben die Verkleidung, in der die Venus dem Aeneas und seinem Begleiter erscheint, noch genauer:

„Cui mater media sese tulit obvia silva,
Virginis os habitumque ferens et Virginis arma
Spartanae vel qualis equos Threissa fatigat
Harpalyce volucremque fuga praevertitur Eurum.
Namque umeris de more habilem suspenderat arcum
Venatrix, dederatque comam diffundere ventis,
Nuda genu nodoque sinus collecta fluentis."

Die letzten beiden Verse geben den getreu befolgten Hinweis für die Behandlung des bewegten Beiwerks, das also auch hier als Merkmal „antikisirender" Formengebung aufzufassen ist.

Auf einer der zwei Langseiten einer *italienischen Brauttruhe*,[3]) etwa aus der Mitte des XV. Jahrh., ist dieselbe Scene der Aeneis illustrirt. L. erscheint Venus dem Aeneas und seinem Begleiter auf dem Lande, etwas weiter r. sieht man, wie sie vor deren Augen in die Lüfte entschwindet.

Sie steht — wie auf der Münze — auf Wolken und trägt Flügelhelm, Halbstiefel und Köcher an der l. Seite und den Bogen auf der l. Schulter; ihr ringförmig aufgeschürztes Gewand hat rothe Farbe und ist mit plastischen Goldmustern verziert; das lose Haar flattert im Wind.

Die anderen Figuren tragen Zeittracht.

---

[1]) Vgl. C. Justi, Winckelmann, II, 287: „Götter und Helden sind wie an heiligen Orten stehend, wo die Stille wohnt, und nicht als Spiel der Winde oder im Fahnenschwenken vorgestellt."
[2]) L. c., 28, 14.
[3]) Im Kestner-Mus. zu Hannover. Hr. Dr. Voege machte mich darauf aufmerksam. Die Figuren zeigen die Besonderheiten, die man neuerdings auf Vittore Pisano zurückzuführen pflegt: kurze Mäntel mit weiten Aermeln, anliegende Hosen mit verschiedenfarbigen Beinlingen und Hüte mit mehreren Stockwerken.

Auf der anderen Cassonewand ist die Jagd des Aeneas und der Dido zu sehen, die mit dem gelegentlichen Unwetter ihren Abschluss fand.

Auch hier hat der Wunsch, Antikisches abzubilden, seine Früchte getragen: oben r. blasen die Halbfiguren von drei negerhaften Windgöttern,[1]) deren kugelförmiges Haar[2]) sich in verschiedenen Wulsten um den Kopf legt, aus geschwungenen Hörnern den „nigrantem comixta grandine nimbum"[3]) heraus.

Musste man bei den drei Grazien etwas weiter ausgreifen, um auf die hier zu analysirende künstlerische Stimmung zu treffen, so lässt eine andere Gruppe auf dem „Frühling" eine geschlossenere Darstellung und den unmittelbaren Hinweis auf *Polizian* zu.

Als Abschluss nach r. erblickt man eine *erotische Verfolgungsscene*.

Zwischen den unter einem Lufthauch sich neigenden Orangebäumen, die den Hain flankiren, wird der Oberkörper eines geflügelten Jünglings sichtbar. Im raschen Fluge — Haar und Mantel flattern im Wind — hat er ein (u. l.) fliehendes Mädchen ereilt, dessen Rücken er bereits mit den Händen berührt, in dessen Nacken er — mit zusammengezogenen Augenbrauen und aufgeblasenen Backen — einen mächtigen Windstrahl entsendet. Das Mädchen wendet im Laufe, wie Hülfe flehend, den Kopf zu ihrem Verfolger zurück, auch Hände und Arme machen eine abwehrende Bewegung; in ihrem losen Haar spielt der Wind, der auch ihr durchsichtiges, weisses Gewand bald wellenförmig fliessen lässt, bald fächerartig spreizt.[4]) Aus dem r. Mundwinkel des Mädchens entspringt ein Strahl verschiedener Blumen: Rosen, Kornblumen u. a.

In den *Fasten* des Ovid[5]) erzählt Flora, wie sie von Zephyr ereilt und besiegt worden sei; als Hochzeitsgeschenk habe sie dann die Fähigkeit empfangen, was sie berühre, in Blumen zu verwandeln:

---

[1]) Ob veranlasst durch Aen. IV, 168: „summoque ululaturnt vertice nymphae"?

[2]) Zu der Frisur vgl. den Windgott in den Miniaturen des Liberale da Verona, abg. *L'Art*, 1882. IV, p. 227. Es ist nicht ausgeschlossen, dass der Maler eine spätantike Vergil-Illustration im Gedächtniss oder vor Augen hatte; vgl. z. B. die Iris und die Windgöttin des Vatic. Ms. 3867 (fol. 71 u. 77) bei Agincourt, II. d. b. Arts, Taf. LXIII, dazu P. de Nolhac, *Mélanges d'Arch. et d'Hist.*, IV, p. 321 u. 371. Polizian benutzte das Ms. zu Collationen; vgl. ebend., p. 317.

Letzthin findet man bei *Heiss* l. c. p. 65 ff., den grössten Theil der hier zum Fresko der Villa Lemmi herangezogenen Kunstwerke abgebildet. Dazu giebt er auch noch die Abbildungen des *Theseus und der Ariadne* nach dem Stich des Baldini (p. 70) und der *Judith* aus d. Uffizi (p. 71) mit folgendem Vermerk: „Dans la Vénus chasseresse surtout, on retrouve l'allure très distinguée, mais très tourmentée, la profusion d'ornements et les draperies flottantes, si caractéristiques du style de Botticelli. Nous reproduisons ici de ce maître, deux dessins dont les costumes et la façon dont ils sont traités ont une grande analogie avec les types des vers auxquels nous venons de faire allusion."

[3]) Ibd. IV, 120.

[4]) Derartige Faltenmotive finden sich schon bei Botticellis Lehrer Fra Filippo Lippi; z. B. auf dem Fresco mit dem Tanz der Herodias in der Kathedrale zu Prato. Vgl. Ulmann, Fra Filippo und Fra Diamante als Lehrer Sandro Botticellis. Dissert. Breslau, 1890, p. 14.

[5]) Fast. V, 193 ff.

„Sic ego, sic nostris respondit diva rogatis.
Dum loquitur, vernas efflat ab ore rosas.
Chloris eram, quae Flora vocor. Corrupta Latino
Nominis est nostri littera Graeca sono.
Chloris eram, Nymphe campi felicis, ubi audis
Rem fortunatis ante fuisse viris.
Quae fuerit mihi forma, grave est narrare modestae.
Sed generum matri reperit illa deum.
Ver erat, errabam. Zephyrus conspexit; abibam.
Insequitur, fugio. Fortior ille fuit.
Et dederat fratri Boreas jus omne rapinae,
Ausus Erechthea praemia ferre domo.
Vim tamen emendat dando mihi nomina nuptae:
Inque meo non est ulla querela toro.
Veri fruor semper; semper nitidissimus annus.
Arbor habet frondes, pabula semper humus.
Est mihi fecundus dotalibus hortus in agris
Aura fovet; liquidae fonti rigatur aquae.
Hunc meus implevit generoso flore maritus:
Atque ait, Arbitrium tu, dea, floris habe.
Saepe ego digestos volui numerare colores
Nec potui: Numero copia major erat." u. s. w.

In dieser Schilderung ist die Composition im Kern gegeben und man würde das bewegte Beiwerk als eigene Zuthat des Botticelli auffassen, wenn nicht seine Vorliebe, Beweglichkeiten der Tracht nach bewährten Mustern zu schildern, schon mehrfach zu Tage getreten wäre.

In der That ergab es sich, dass die Gruppe in genauer Anlehnung an Ovids Schilderung der Flucht der Daphne vor Apollo entstanden ist:[1])

Die Zusammenstellung der einschlägigen Verse macht es ohne weiteres klar:[2])

„Spectat inornatos collo pendere capillos
et quid, si comantur? ait.[3])

---

[1]) Met. I, 497 ff.

[2]) Dementsprechend sind die Haare der Flora auf dem Bilde ungeflochten und schmucklos; selbst jene Binde: v. 477 „vitta coercebat positos sine lege capillos" fehlt.

[3]) In der Prosaversion der Metamorphosen des Giovanni di Bonsignore (ca. 1370 verfasst, 1497 bei Aldus in Venedig mit Holzschnitten gedruckt) besitzt man ein authentisches Zeugnis für die Sorgfalt, mit der die Italiener die von Ovid gegebene Detailmalerei beibehielten; vgl. z. B. zu v. 477 ff.: „Cap. XXXIIII. ... fugia con gli capelli sparti e scapigliate legati senza alcuna acima (?) dura." Zu v. 497 ff.: „Cap. XXXV. Phebo desiderava cozösersi con daphne per matrimonio la donna fugëdo lo negava. Poiche era levato lo giorno vedeva gli disordinati capegli di daphne pendere per lo collo e dicea: che seria costei se la pettinasse e conzassesse con maestrevole mano." Zu v. 527: „percio che fugendo lei lo vento che traevano di ricōtro gli scopriano

v. 527. „Nudabant corpora venti,
obviaque adversas vibrabant flamine vestes
Et levis inpulsos retro dabat aura capillos."

v. 540. „Qui tamen insequitur, pennis adjutus amoris
ocior est requiemque negat tergoque fugacis
imminet et crinem sparsum cervicibus adflat."

und v. 553. „hanc quoque Phoebus amat positaque in stirpite dextra
Sentis adhuc trepidare novo sub cortice pectus."

Bringt man sich in Erinnerung, dass Polizian gerade diese Stelle aus Ovid herausgegriffen und zur Beschreibung der Beweglichkeiten in Haar und Gewandung auf dem fingirten Relief mit dem Raube der Europa verwerthete, so würde dies allein hinreichen um auch für dieses Bild die Inspiration Polizians anzunehmen.[1]

Es kommt hinzu, dass *Polizian* in seinem *Orfeo*, der „ersten italienischen Tragödie",[2] dem Aristeo, der die Eurydike verfolgt, dieselben Worte in den Mund legt, die Apollo bei Ovid der Daphne sagt:[3]

„Non mi fuggir, Donzella
ch'i' ti son tanto amico,
E che più t'ama che la vita e'l core.

Ascolta, o ninfa bella
ascolta quel ch' io dico:
Non fuggir, ninfa; ch' io ti porto amore.

Non son qui lupo o orso;
Ma son tuo amatore:
Dunque raffrena il tuo volante corso.

Poi che 'l pregar non vale
Et tu via ti dilegui
El convien ch' io ti segui.

Porgimi, Amor, porgimi or le tue ale."

Noch bezeichnender ist, dass sich Polizian die Verfolgung der Daphne als Gegenstand eines der plastischen Kunstwerke in jener Reliefreihe am Thore des Reiches der Venus dachte und hierbei ebenfalls die Worte Ovids im Gedächtniss hatte:[4]

---

alquanto gli pani e mandaregli gli capelli doppo le spalle." Zu v. 540 ff.: „sèza alcuno riposso sempre gli andava quasi allato alle spalle: tanto chel suo fiato gli suètilana gli capegli..."

[1] Vgl. oben, p. 14.
[2] Wohl 1472 zuerst in Mantua aufgeführt. Vgl. Carducci l. c., p. LIX ff.; Gaspary l. c., p. 213 ff.; dazu neuerdings: A. D'Ancona, Origini del Teatro Italiano, 2. Aufl., Torino, 1891, Appendice II: „Il Teatro Mantovano nel secolo XVI," p. 349 ff.
[3] Card. l. c., p. 102.
[4] Giostra I, 109, l. c., p. 62.

„Poi segue, e'n sembianza si lagna
Come dicesse: O ninfa non ten gire;
Ferma il piè, ninfa, sovra la campagna
Ch' io non ti seguo per farti morire.
Così cerva leon, così lupo agna,
Ciascuna il suo nemico suol fuggire
Me perchè fuggi, o donna del mio core,
Cui di seguirti è sol cagione amore?"[1])

Da nun die Fasten des Ovid ebenfalls ein Hauptgegenstand der Thätigkeit Polizians als öffentlicher Lehrer in Florenz (seit 1481) waren,[2]) so spricht dies alles zusammen dafür, dass Polizian der gelehrte Rathgeber Botticellis gewesen ist.

Schon vor Polizian hatte *Boccaccio* in seinem *„Ninfale Fiesolano"* der Phantasie Ovids eine Verfolgungsscene nachgebildet:

Affrico ruft der davoneilenden Mensola zu:[3])

vers C. „Per Dio, bella fanciulla, non fuggire
Colui, che t'ama sopra ogni altra cosa:
Io son colui, che per te gran martire
Sento dì e notte senza aver mai posa:
Io non ti seguo per farti morire[4])
Ne' farti cosa che ti sia gravosa
Ma solo amor mi ti fa seguitare
Non nimistà, o mal ch'io voglia fare."

v. CIX malt Boccaccio die durch die Kleidung beschwerte Flucht bis ins Kleinste aus:

---

[1]) Vgl. Met. I, 504:

„Nympha, precor, Penei mane! non insequor hostis;
nympha mane! sic agna lupum, sic cerva leonem,
sic aquilam penna fugiunt trepidante columbae,
hostes quaeque suos: amor est mihi causa sequendi
me miserum! ne prona cadas indignave laedi
crura notent sentes et sum tibi causa doloris,
aspera, qua properas, loca sunt; moderatius oro,
curre fugamque inhibe; moderatius insequar ipse."

[2]) Vgl. Gaspary l. c. II, p. 667. Aus einer Stelle in einem Briefe des Michael Verrinus († 1483, vgl. Epigr. des Polizian ed. del Lungo LXXX, p. 153) an Piero dei Medici lässt sich (nach Menckens Vorgang) sogar schliessen, dass ein poetischer Commentar zu den Fasten des Ovid, den Polizian in der Sprache und Art des latein. Gedichtes verfasst hatte, in seinem Freundskreise cursirte. Der Brief, abgedruckt b. Mencken, ... Historia Vitae Angeli Poliziani, Lpzg., 1736, p. 609: „Non sine magna voluptate, vel potius admiratione, Poliziani tui poema, alterum Nasonis opus, legi. Dum enim fastos, qui est illius divini vatis liber pulcherrimus, interpretatur, alterum nobis paene effinxit, carmen carmine expressit, tanta diligentia, ut si titulum non legissem, Ovidii etiam putassem." Vgl. oben p. 11.

[3]) Citirt nach der Italienischen Duodezausgabe v. 1851. Vgl. dazu Zumbini, Una Storia d'amore e morte, *Nuova Antologia* XLIV, 1884, 5.

[4]) Poliz., Giostr. I. 109, 1: „Ch'io non ti seguo per farti morire."

„Correa la Ninfa sì velocemente,
Che parea che volasse, e i panni alzati
S'avea dinanzi per più prestamente
Poter fuggire, e aveali attaccati
Alla cintura, sì che apertamente
Di sopra alli calzar, ch'avea portati
Mostra le gambe, e'l ginocchio vezzoso,
Che ognun ne saria stato disioso." [1]

Auch *Lorenzo dei Medici,* „il Magnifico", der mächtige Freund des Polizian und dessen gleichgestimmter „Bruder in Apoll", lässt es in seinem Idyll „Ambra" [2] bei einer Verfolgungsscene ganz ähnlich zugehen: Die Nymphe Ambra flieht: [3]

„Siccome pesce, allor che in canto cuopra
Il pescator con rara e sottil maglia
Fugge la rete qual sente di sopra
Lasciando per fuggir alcuna scaglia;
Così la ninfa quando par si scuopra,
Fugge lo dio che addosso se le scaglia
Ne' fu sì presta, anzi fu sì presto elli,
Che in man lusciolli alcun de' suoi capelli".

Der Flussgott Ombrone greift in seinem Eifer unsanft zu; mit Schmerzen betrachtet er bald nachher den der Jungfrau entrissenen Hauptschmuck: [4]

. . .; e queste trecce bionde,
„Quali in man porto con dolore acerbo."

In *Polizians Orfeo,* jenem ersten Versuch, der italienischen Gesellschaft Gestalten der antiken Vorzeit leibhaftig vorzuführen, gebraucht der Hirt Aristeo im Verfolgen der fliehenden Eurydice jene Worte, die Ovid dem Apollo in den Mund legt, als er Daphne vergeblich zu erreichen sucht. Aber nicht allein in diesem Stücke konnten die Künstler derartige erotische Verfolgungsscenen auf dem Theater sehen; es muss dafür

---

[1] Vgl. dazu ibid. v. LXIV.
[2] Vgl. Gasp. l. c. II, p. 244 ff.
[3] Poesie di Lorenzo de' Medici, ed. Barbèra, Bianchi Co. 1859, p. 270.
[4] Ibid. p. 273. Als weitere Zeichen dafür, dass die Künstler jener Zeit das Thema interessirte, seien einige frühe Verkörperungen der bildenden Kunst aufgeführt: No. 1, Die früheste neuere Darstellung (Anfg. XVI) wäre wohl die Miniatur in einer Hs. des British Museums (Christine de Pise), Harl. 4431, F. 136 b. Vgl. Gray-Birch, Early Drawings, London 1879, p. 92. No. 2, Holzschnitt des Meisters J. B. Berlin Kpfstchn. No. 3, Dürers Holzschnitt zu Coltes libri amorum (1502). No. 4, Caradosso, Plakette, abg. b. Bodo-Tschudi, Die Bildwerke d. christl.Epoche, Taf.XXXVIII, No. 785. dazu ebend. Taf. XXXV, 785. Von den direkt illustrirenden Bildern im Text zu Ovid (vgl. d. Ausgabe in Venedig v. 1497 ab bis in die Mitte des XVI. Jahrh. hinein) ist dabei abgesehen.

eine besondere Vorliebe vorhanden gewesen sein, da sich derartige erotische Verfolgungsscenen mehrfach selbst in den wenigen erhaltenen Beispielen früher mythologischer Schauspiele nachweisen lassen.

In der „Fabula di Caephalo" des Niccolo da Correggio, die den 21. Jan. 1486 in Ferrara aufgeführt wurde,[1]) flieht Procris vor Cefalo; ein alter Hirt sucht sie mit den Worten aufzuhalten:

„Deh non fuggir donzella
Colui che per te muore."

Mit der Mantuaner Handschrift des Orfeo ist auch eine andere mythologische Rappresentazione erhalten, die bald „di Phebo et Phetonte", bald „Phebo et Cupido" oder „Dafne" betitelt ist. Soweit man aus d'Anconas Analyse[2]) ersehen kann, schliesst sich das Stück durchaus an Ovids Metamorphosen an. Die Verfolgungsscene kam auch vor: „Dopo di che, Apollo va pei boschi cercando Dafne, che resiste ai lamenti amorosi di lui, esposti in un lungo ternale."

Das dritte Zwischenspiel in der Rappresentazione der S. Ulira (1580 zuerst gedruckt) wird gleichfalls von einer Verfolgungsscene eingeleitet.[3)]

. . . . „e in questo mezzo esca in scena una Ninfa adornata quanta sia possibile, e vada vestita di bianco con arco in mano, e vada per la scena. Dopo lei esca un giovane pur di bianco vestito con arco, e ornato leggiadramente senza arme, il quale giovane, audando per la scena, sia dalla sopradetta ninfa seguito con grande istanza senza parlare, ma con segni e gesti, mostri di raccomandarsi e pregarlo; egli a suo potere la fugga e sprezzi, ora ridendosi di lei e or seco adirandosi, tanto ch'ella finalemente fuori di ogni speranza rimossa, resti di seguirlo" . . . . .

Sucht man nach direkten Nachbildungen solcher Theaterscenen, so wird die Aufmerksamkeit wieder auf den Orfeo gelenkt: z. B. schliessen sich die Darstellungen aus der Orpheussage auf jener Tellerreihe in dem Museo Correo in Venedig, die dem Timoteo Viti zugeschrieben werden, genau an Polizians Dichtung an.[4])

Es sei auch noch andeutungsweise bemerkt, dass eine Reihe von Kunstwerken, die Maenaden in antikisirender Nymphentracht darstellen, wie sie in gewaltsamer Bewegung zum tötlichen Schlage gegen den am Boden liegenden Orpheus ausholen — es sind dies eine Zeichnung aus der Schule Mantegnas, ein anonymer Kupferstich in der Hamburger Kunsthalle und eine Zeichnung Dürers nach demselben — sehr wohl mittelbar oder unmittelbar der Schlussscene des Orfeo nachgebildet sein können.[5])

So würde sich auch die Mischung von Idealcostüm und Zeittracht erklären.

---

[1]) d'Ancona l. c., p. 5.
[2)] L. c. II, 350.
[3]) Vgl. d'Ancona, Sacre Rappresentazioni III, p. 268/269.
[4]) Abbildung der Verfolgungsscene bei Müntz, H. d. l'A. p. l. R. II (1891) p. 165.
[5]) Die angeführten Kunstwerke findet man zusammen abgebildet und besprochen bei Ephrussi GdbA. (1878) I, p. 444/458.

Darf man annehmen, dass das Festwesen dem Künstler jene Figuren körperlich vor Augen führte, als Glieder wirklich bewegten Lebens, so erscheint der künstlerisch gestaltende Prozess naheliegend. Das Programm des gelehrten Rathgebers verliert alsdann den pedantischen Beigeschmack; der Inspirator legte nicht den Gegenstand der Nachahmung nahe, sondern erleichterte nur dessen Aussprache.

Man erkennt hier, was Jacob Burckhard, auch hier unfehlbar im Gesammturtheil vorgreifend, gesagt hat:

„Das italienische Festwesen in seiner höhern Cultur ist ein wahrer Uebergang aus dem Leben in die Kunst." [1]

Es bleiben noch drei andere Einzelfiguren des Bildes zu benennen und an die richtige Stelle zu reihen.

Das auf den Beschauer zuschreitende *rosenstreuende Mädchen* ist — trotz einzelner Abweichungen von der entsprechenden Figur auf der „Geburt der Venus" — die Frühlingsgöttin. Wie jene trägt sie den Rosenzweig als Gürtel ihres blumengemusterten Kleides. Dagegen hat der Blätterkranz am Halse unterdessen Blumen aller Art hervorgetrieben, auf dem Kopfe trägt sie ebenfalls einen Blüthenkranz, ja selbst die Kornblumen (?) auf dem Gewande haben sich voller entwickelt. Die Rosen, die sie streut, bringen Zephyr und Flora hervor, denen sie voranschreitet. [2] Das Gewand legt sich an das in Schrittstellung vorgesetzte linke Bein eng an und flattert von der Kniekehle in flachem Bogen abwärts, um mit dem unteren Saume fächerförmig gespreizt zu verflattern.

Der Gedanke für die Gewandmotive der Frühlingsgöttin nach einem Analogon in der antiken Formenwelt zu suchen, legt auch hier ein bestimmtes Monument nahe, wenngleich eine persönliche Beziehung Botticellis zu demselben nur wahrscheinlich gemacht, nicht aber wie in den vorhergehenden Fällen mit einiger Sicherheit behauptet werden kann.

In der Sammlung der Uffizi befindet sich die Gestalt einer *Flora*, [3] die nach *Dütschkes* Angaben von Vasari bereits in der zweiten Hälfte des XVI. Jahrhunderts im Palazzo Pitti gesehen wurde. Er beschreibt sie mit besonderem Hinweis auf die Gewandung:

Una femmina con certi panni sottili, con un grembo pieno di varj frutti, la quale è fatta per una Pomona." [4]

Ebenso wurde sie von Bocchi [5] schon im Jahre 1591 mit den Ergänzungen, die sie heute hat, in den Uffizi gesehen:

---

[1] C. d. R. (1885)II, 132.

[2] E. Foerster, Gesch. d. ital. Mal., Lpzg. 1872. III, p. 306/307, hielt die beiden Windgötter auf der „Geburt der Venus" für Zephyr und Flora, eine Vermuthung, die sich in den vorliegenden Zusammenhang gut einfügen würde, der aber schon allein die Thatsache, dass Beide als blasende Windgötter charakterisirt sind, widerspricht.

[3] Phot. Alin. 11637; Cat. d. Uffizi, No. 74; Ant. Bw. III, p. 74, No. 121, vgl. Abb. 8.

[4] Vgl. Vasari, Vite, ed. Livorno (1772) VII, p. 171 f. Neuerdings ist dieses Verzeichnis der 26 Anticaglie in der Sala des Palazzo Pitti in den *Röm. Mitth. d. Arch. Inst.* VII (1892), p. 817, von L. Bloch wieder abgedruckt.

[5] Bocchi, Bellezze di Firenze, ed. Cinelli 1591, p. 102.

„A man destra poscia si vede una Dea Pomona, velata di panni sottilissimi; da bellissima grazia, con frutte in mano, con ghirlandetta in testa, ammirata dagli artefici sommamente."

Abb. 8. Marmorstatue der Uffizi.
Nach einer Photographie von Alinari in Florenz.

Eine gewisse Aehnlichkeit in der Behandlung der Gewandpartie, die sich bei der Statue wie auf der Figur im Bilde an das vorgestellte l. Bein eng anlegt und von der Kniekehle aus nach unten geht, ist unbestreitbar vorhanden und eine Anlegung an dieses (oder ein derartiges) Vorbild ist um so eher denkbar, als auch der Gegenstand derselbe ist: die Gestalt eines blumenbekränzten Mädchens, das im Schooss des Gewandes Blumen und Früchte trägt, aufgefasst als persönliches Sinnbild der wiederkehrenden Jahreszeit.[1]

Für den Hermes bietet sich als ungefähres Analogon die Rückseite einer Medaille des Niccolo Fiorentino für Lorenzo Tornabuoni,[2] dem Schüler Polizians, zu dessen Hochzeit ja auch das oben erwähnte Fresco aus der Villa Lemmi gemalt wurde. Der Hermes ist auch hier wohl als Führer der Grazien gedacht, die auf dem Gegenstück, der Medaille für Giovanna Pomabuoni, abgebildet sind.[3]

Die äusseren Aehnlichkeiten der Tracht des Hermes — die Chlamys, das Krummschwert, die Halbstiefel-Flügelschuhes, sind nicht so sehr bemerkenswerth, als die Thatsache, dass auch diese Figur sich auf den Schaumünzen des Niccolo findet, dessen Schöpfungen besonders für den von Polizian[4] beeinflussten Theil der

---

[1] Der Kopf der Statue ist nach Dütschke modern und „eine gute Renaissancearbeit." Bemerkenswerth ist, dass auch der Kopf der Frühlingshore Botticellis von seinem üblichen Frauentypus etwas abweicht: das Gesichtsoval ist länglicher, die Nase gerade, ohne jene starke aufgeworfene Nasenkuppe und der Mund etwas breiter. Abg. z. B. Müntz, H. de l'A. p. l. R. I, p. 41.

[2] In Florenz, Uffizi; vgl. Heiss l. c., Tab. VII, 3; Friedlaender, IbPrKss. II, 213: „Ohne Umschrift. Schreitender Merkur, rechtshin, bekleidet, ein krummes Schwert an der Seite, im rechten Arm den Schlangenstab.

[3] Vgl. del Lungo l. c., p. 72.

[4] Niccolo verfertigte eine Medaille mit dem Bilde Polizians (Heiss l. c. VI, 1 u. 2) und auch von dessen Schwester Maria (l. c. VI, 3).

kunstverständigen Gesellschaft des damaligen Florenz bestimmt gewesen zu sein scheinen.¹)

Die Frühlingsgöttin steht an der l. Seite ihrer Herrin, der Venus, die den Mittelpunkt des Bildes bildet; doch ehe sie uns als Herrscherin des Ganzen vor Augen treten mag, sei noch der letzte ihrer Gefolgschaft, der *Hermes*, welcher das Bild nach l. abschliesst, nach seiner Herkunft befragt.

Als antiker Götterbote ist er durch die Flügel charakterisirt, die er an seinem Stiefel trägt; was er mit seinem Drachenstab, den er in der erhobenen Rechten hält, thut, ist nicht mehr klar zu sehen.

Auf dem Buntdruck der Arundel-Society²) verscheucht er damit einen Zug Wolken, wie ihn ja auch Bayersdorfer im Text zum *kl. B.* schildert.³) Worauf sich diese Reconstruction stützt, ist ohne weiteres nicht zu ersehen, jedenfalls kann man mit derselben eher „einen Sinn" verbinden, als mit dem öfter ausgesprochenen Gedanken, dass der Hermes sich mit den Früchten der Bäume zu schaffen mache.⁴)

Es ist dem Verfasser nicht recht gelungen für den Hermes ähnliche Gestaltungen der zeitgenössischen Phantasie beizubringen.

Es geht ihm, wie es Seneca ging, als vor dem allegorischen Bilde der Grazien das historische Wissen nicht mehr reichte:

„Ergo et Mercurius una stat, non quia beneficia ratio commendat vel oratio sed quia pictori ita visum est."

Oder ob nicht eben dieser Zusatz zu der für das Programm des Bildes so wichtigen Stelle des Seneca die Einbeziehung des Hermes irgendwie nahe legte oder erleichterte?⁵)

---

¹) Die drei Grazien auf der Rückseite der Medaille des Niccolo für Pico della Mirandula, vgl. Litta, Fam. Celebr. Ital. weisen auf Beziehungen zur platonisirend-allegorischen Auffassung der Venus. Ebenso könnte die „Venus Virgo" des Niccolo (vgl. oben p. 24) Ideen, wie sie sich in Cristoforo Landinos Disputat. Camaldulenses über die symbolische Auffassung der Aeneis finden, entspringen. Ueber die Beziehung derartiger Kunstwerke zur gleichzeitigen platonisirenden Dichtung und Philosophie darf man demnächst von berufener Seite Aufklärung erwarten.

²) Will man für die an spätrömische Gewandfiguren erinnernde Stellung und Tracht der Venus ein Analogon, so sei z. B. auf das Elfenbeinrelief in Liverpool, die Hygieia darstellend (Westwood, Fict. Ivor., p. 54) verwiesen; es gehörte zu der schon Ende des XV. Jahrh. vorhandenen Sammlung Gaddi in Florenz. Vgl. Molinier, Plaquettes 1, 42.

³) Vgl. oben p. 22; E. Foerster l. c., p. 306/301: „bricht Blüthen vom Baum."

⁴) G. Kinkel, Mosaik zur Kgsch. 1876, p. 398: „schlägt Frucht von einem Baum." W. Lübcke, Gesch. d. ital. Mal. 1878, I. p. 355: „ritterlicher Jüngling, im Begriff, von einem der Lorbeerbäume einen Zweig abzubrechen." C. v. Lützow, Die Kunstschätze Italiens 1884, p. 251: „schlägt die Frucht vom Baume."

⁵) Zufällig ist es selbst für die archäologische Forschung schwierig, einen Hermes, der sich mit der Venus zusammen auf einer kleinen rothfigurigen Kanne aus Athen abgebildet findet (Berlin. Mus. No. 2660), ikonographisch genau zu bestimmen. Die Worte, mit denen Kalkmann dabei die Unzulänglichkeit der Methode gegenüber den complicirtesten Kunstschöpfungen beklagt, passen auch genau für Botticellis Bild. Vgl. *Archäol. Jahrb.* 1886, p. (231 ff.) 253: „Selten freilich gestattet eine auf sonnigen Pfaden wandelnde Kunst, die ihren glücklichsten Schöpfungen zu Grunde liegenden Gedanken ganz auszudenken und auf viele Fragen giebt sie nur andeutende Antworten."

Nach den bisherigen Ergebnissen ist es eigentlich nicht anzunehmen, dass sich der Hermes auf dem Bilde fände, ohne, nach Meinung des Rathgebers Botticellis, irgendwie vorbildlich gewährleistet zu sein. Eine ähnliche Zusammenstellung von göttlichen Wesen mit der Cyprischen Venus als Mittelpunkt, bietet z. B. eine Ode des *Horaz:*[1])

„O Venus, regina Cnidi Paphique
Sperne dilectam Cypron et vocantis
Ture te multo Glycerae decorem
Transfer in aedem.

Fervidus tecum puer et solutis
Gratiae zonis [2]) properentque Nymphae
Et parum comis sine te Juventas
Mercuriusque."

Nehmen wir an, dass anstatt der Juventas die Frühlingsgöttin eingesetzt ist und dass das: „properentque Nymphae" durch die Verfolgung Floras durch Zephyr weiter ausgemalt und durch ein klassisches Beispiel illustrirt werden sollte, so haben wir dasselbe Gefolge wie auf dem Bilde Botticellis. Dass eine derartige freie Nachbildung Horazischer Oden in dem Gedankenkreise Polizians und seiner Freunde lag, beweist eine Ode des *Zanobio Acciajuoli*,[3]) „Veris descriptio" betitelt.[4])

Sie ist sogar in demselben Versmaass wie die citirte Ode des Horaz gehalten; Flora und die Grazien huldigen der Venus:

„Chloris augustam Charitesque matrem
Sedulo circum refovent honore
Veris ubertim gravido ferentes
Munera cornu."

In der Mitte des Bildes steht Frau Venus als „„liebe Frau"" des Gartenhains, umgeben von den Grazien und Nymphen des toskanischen Frühlings".[5])

Wie die Venus des *Lucrez*, ist sie „als Sinnbild des alljährlich sich erneuernden Naturlebens"[6]) aufgefasst:

„Te, dea, te fugiunt venti, te nubila coeli
adventumque tuum, tibi suavis daedala tellus
summittit flores, tibi rident aequora ponti
placatumque nitet diffuso lumine coelum" etc.[7])

---

[1]) Od. I, XXX.
[2]) Vgl. oben p. 24.
[3]) Der Freund und Schüler Polizians, der 1495 dessen griechische Epigramme herausgab. Vgl. del Lungo l. c. p. 171.
[4]) Ms. Marucell. Flor. A. 82, abgedr. b. Roscoe, Leo X, ed. Hencke III, p. 596.
[5]) J. Bayer l. c., p. 271.
[6]) Kalkmann l. c., p. 252.
[7]) Lucrez, De rer. nat. I, v. 6 ff. Poggio hatte das Manuscript entdeckt. Vgl. Roscoe, Life of Lorenzo I, 29, Heidelbg. 1825; vgl. Julia Cartwright, Portfolio 1882, p. 74: „The Subject of the picture ... is said (von wem?) to have been suggested to him by a passage of Lucretius: „It Ver et Venus etc.""

Ebendort (V, 735 ff.) wird die Ankunft der Venus mit ihrem Gefolge geschildert:

„It Ver et Venus et veris praenuntius ante
Pennatus graditur Zephyrus, vestigia propter
Flora quibus mater praespargens ante viai
cuncta coloribus egregiis et odoribus opplet."

Aus einer Stelle in *Polizians Rusticus*,[1]) (einem lateinischen bucolischen Gedicht in Hexametern, das er 1483 gedichtet hatte) ersieht man, dass Polizian diese Stelle des Lucrez nicht allein kannte, sondern sie fast mit denselben Figuren erweiterte, die sich auf den Bildern Botticellis finden. Diese Thatsache allein würde schon für den Beweis genügen, dass Polizian auch für das zweite Bild der Rathgeber Botticellis gewesen ist.

Polizian beschreibt die Götterversammlung zur Frühlingszeit:[2])

„Auricomae, jubare exorto, de nubibus adsunt
Horae, quae coeli portas atque atria servant,
Quas Jove plena Themis nitido pulcherrima parta
Edidit, Ireneque Diceque et mixta parenti
Eunomie, carpuntque recenteis Pollice foetus:
Quas inter, stygio remeans Proserpina[3]) regno,
Comptior ad matrem properat: comes alma sorori
Et Venus, et Venerem parvi comitantur Amores:
Floraque lascivo parat oscula grata marito:
In mediis, resoluta comas nudata papillas
Ludit et alterno terram pede Gratia[4]) pulsat
Uda choros agitat nais", u. s. w.

Will man für den „Frühling" des Botticelli die Bezeichnung dem zeitgenössischen Ideenkreise entnehmen, so müsste man das Bild: Il regno di Venere", „das Reich der Venus" nennen.

Den Anhalt dafür geben wiederum *Polizian* und *Lorenzo*: Polizian, Giostra I, St. 68—70:[5])

„Ma fatta Amor la sua bella vendetta
Mossesi lieto pel negro aere a volo;
E ginne al regno di sua madre in fretta
Ov' è de' picciol suo' fratei lo stuolo

---

[1]) Vgl. Gaspary l. c. II, p. 221.
[2]) Vgl. ed. del Lungo, p. 315, v. 210—220.
[3]) Wie die Frühlingsgöttin auf dem Bilde.
[4]) Vgl. (nach del Lungo) Horaz, Od. I, 4:
„... Gratiae decentes
Alterno terram quatiunt pede."
Da wäre also auch die für das Concetto des Bildes vorauszusetzende Combination von Lucrez und Horaz!
[5]) Ed. Carducci, p. 39. Vgl. dazu Ovid, Fast. IV, 92: „illa (sc. Venus) tenet nullo regna minora deo."

Al regno ove Grazia si diletta,
Ove Beltà di fiori al crin fra brolo,
Ove tutto lascivo drieto a Flora
Zefiro vola e la verde erba infiora."

St. 69:
„O canta meco un po' del dolce regno
Erato bella che 'l nome hai d'amore" etc.

Mit St. 70 folgt dann die Beschreibung des Reiches der Venus im engen Anschluss an Claudian:[1])

„Vagheggia Cipri un dilettoso monte
Che del gran Nilo i sette corni vede etc."

Ein Sonett *Lorenzos* (l. c. XXVII.) p. 97 klingt wie eine freie Nachbildung der vorhin citirten Ode des Horaz:

„Lascia l'isola tua tanto diletta
Lascia il tuo regno delicato e bello,
Ciprigna dea; e vien sopra il ruscello
Che bagna la minuta e verde erbetta.

Vieni a quest' ombra ed alla dolce auretta
Che fa mormoreggiar ogni arbuscello,
A' canti dolci d'amoroso augello.
Questa da te per patria sia eletta.

E se tu vien tra queste chiare linfe,
Sia teco il tuo amato e caro figlio;
Che qui non si conosce il valore.

Togli Diana le sue caste ninfe;
Che sciolte or vanno senz' alcun periglio
Poco prezzando la virtù d'Amore."

Doch auch für Lorenzo gehören Zephyr und Flora dazu:
Aus den *Silve d'Amore* sei angeführt:[2])

„Vedrai ne' regni suoi non più veduta
Gir Flora errando con le ninfe sue
Il caro amante in braccia l' ha tenuta,
Zefiro; e insieme scherzan tutti e due."

Ebenso heisst es in der „*Ambra*":[3])

„Zeffiro s' e fuggito in Cipri, e balla
Co' fiori ozioso per l' erbetta lieta."

Damit vergleiche man Son. XV:[4])

„Qui non Zeffiro, qui non balla Flora."

---

[1]) Ueber die Nachahmung Claudians vgl. oben p. 9. Eben diese Stelle ist schon von Boccaccio, Genealogia Deorum X. IV, ed. Basel 1532, p. 272, verarbeitet.
[2]) L. c., p. 186.
[3]) L. c., p. 264.
[4]) L. c., p. 80.

Es kann nicht mehr zweifelhaft sein, dass die Geburt der Venus und der Frühling einander ergänzen:

Die Geburt der Venus stellte das Werden der Venus dar, wie sie aus dem Meere aufsteigend von den Zephyrwinden an das cyprische Ufer getrieben wird, der sogenannte „Frühling" den darauffolgenden Augenblick: Venus in königlichem Schmuck in ihrem Reiche erscheinend; über ihrem Haupte in den Kronen der Bäume und auf dem Boden unter ihren Füssen breitet sich das neue Gewand der Erde in unübersehbarer Blüthenpracht aus und um sie herum, als treue Helfer ihrer Herrin, die über alles, was der Blüthezeit gehört, gebietet, sind versammelt: Hermes, der die Wolken scheucht, die Grazien, die Sinnbilder der Jugendschönheit, Amor, die Göttin des Frühlings und der Westwind, durch dessen Liebe Flora zur Blumenspenderin wird.

DRITTER ABSCHNITT.

DIE ÄUSSERE VERANLASSUNG DER BILDER.

BOTTICELLI UND LEONARDO.

Die Abfassung der Giostra Polizians kann, wenn man den umsichtigsten Erwägungen Rechnung trägt, nicht vor dem 28. Januar 1475 (wo das erste Turnier des Giuliano dei Medici stattfand) und nicht nach dem 26. April 1478 (dem Todestage des Giuliano) fallen. Das zweite Buch des Gedichtes, das mit dem Gelöbniss des Giuliano schliesst, muss nach dem 26. April 1476 fallen, da in diesem der Tod der „Nymphe" Simonetta erwähnt wird (II, 10, 8), denn der Nymphe *Simonetta* entsprach in Wirklichkeit die aus Genua gebürtige schöne Frau des Florentiners Marco Vespucci, Simonetta Cattaneo, die am 26. April, dreiundzwanzigjährig, von der Schwindsucht hinweggerafft wurde.[1]) Dass die beiden antikisirend-allegorischen Bilder Botticellis ungefähr um dieselbe Zeit, wie das Gedicht, entstanden seien, ist eine um so näher liegende Annahme, als auch nach Jul. Meyers stylkritischen Erwägungen die Bilder etwa dieser Zeit angehören würden.

Dafür sprechen auch folgende Erwägungen: Die Frühlingsgöttin ist — abweichend von dem Gedicht, in welchem sie sich nur andeutungsweise findet — auf beiden Gemälden zum unentbehrlichen Gliede des Ganzen ausgestaltet. Freilich ist deutlich ersichtlich, dass Polizian in dem Gedicht bereits alle Darstellungsmittel verwendete und Bilder, die zur Ausgestaltung der Frühlingsgöttin, wie er sie Botticelli nahelegte, gehörten. Es wurde oben ausgeführt, wie die Frühlingsgöttin auf Botticellis „Geburt der Venus", in Tracht und Stellung den drei Horen gleicht, die auf dem fingirten Kunstwerk des italienischen Dichters die Liebesgöttin empfangen. Gerade so entspricht die „Frühlingsgöttin" auf dem „Reich der Venus" der „Nymphe Simonetta".

Nimmt man an, dass von Polizian verlangt wurde, Botticelli die Wege zu zeigen, in einem Sinnbild das Andenken der Simonetta fest-

---

[1]) Vgl. A. Nori, La Simonetta. *Giorn. Stor. Ital.* V (1885), p. 130 ff. Dort sind auch die Klagegedichte des Bernardo Pulci und des Francesco Nursio Timideo da Verona abgedruckt.

zuhalten, so war Polizian gezwungen, auf die besonderen Darstellungsmittel der Malerei Rücksicht zu nehmen. Das veranlasste ihn, die in seiner Phantasie bereit liegenden Einzelzüge auf bestimmte Gestalten der heidnischen Sage zu übertragen, um so die fester umrissene und deshalb für die Malerei leichter zu verkörpernde Gestalt der Frühlingsgöttin, welche die Venus begleitet, dem Maler als Idee nahezulegen.

Dass Botticelli die Simonetta gekannt hat, geht aus einer Stelle des Vasari [1]) hervor, welcher deren Profilbild, von Botticelli gemalt, im Besitz des Duca Cosimo sah:

„Nella guardaroba del signor Duca Cosimo sono di sua mano due teste di femmina in profilo, bellissime. Una delle quale si dice fu l'innamorata di Giuliano de' Medici, fratello di Lorenzo."

In der Giostra wird geschildert, wie Giuliano sie überrascht. „Sie sitzt auf dem Grase, indem sie einen Kranz windet, und, als sie den Jüngling erblickt, erhebt sie sich furchtsam, und ergreift mit anmuthiger Bewegung den Saum des Kleides, dessen Schooss voll ist von den gepflückten Blumen." [2])

Goldene Locken umrahmen ihre Stirn, [3]) ihr Gewand ist über und über mit Blumen bedeckt, [4]) und wie sie hinwegschreitet und unter ihren Füssen Blumen hervorspriessen: [5])

„Ma l'erba verde sotto i dolci passi
Bianca gialla, vermiglia azzurra fassi."

schaut ihr Giuliano nach:

„Fra se lodando il dolce andar celeste
E'l ventillar dell'angelica veste". [6])

Sollte nun die Frühlingshore auf dem Gemälde nicht allein, wie man sieht, der Simonetta des Gedichtes Zug um Zug gleichen, sondern auch wie jene das verklärte Bild der Simonetta Vespucci sein? *Zwei Gemälde* können mit dieser Nachricht des Vasari zusammengebracht werden, das eine befindet sich im kgl. Museum in *Berlin,* [7]) das andere in der Sammlung des Städelschen Instituts in *Frankfurt a. M.* [8])

Beide zeigen einen Frauenkopf im Profil; auf einem langen Halse setzt, fast in einem rechten Winkel das flachgewölbeten Kinn an. Der Mund ist geschlossen, nur die Unterlippe hängt ein wenig nach unten. Die Nase setzt wiederum fast rechtwinklig an die steile Oberlippe an.

---

[1]) Vas. Mil. III, 322.
[2]) Gaspary l. c. II, p. 230, St. I, 47 u. 48.
[3]) I, 43.
[4]) I, 43 u. 47.
[5]) I, 55.
[6]) I, 56.
[7]) Kgl. Mus. No. 106 A. Vgl. dazu J. Meyer l. c., p. 39: „Ob (das Bild) es wirklich die Geliebte Giulianos, die schöne Simonetta darstellte..... kann nur als Vermuthung gelten. Ebend. p. 40, Abbildung (Radirung von P. Halm). Die Abb. b. Müntz, H. d. l'A. p. l. R. II. p. 641. ist ungenau.
[8]) Staedel, Ital. Saal, No. 11. Abb. b. Müntz, H. d. l'A. p. l. R. II, p. 8. Auch von Braun photogr.

Die Nasenkuppe ist etwas aufgeworfen, die Nasenflügel scharf durchgezogen; hierdurch und durch die überhängende Unterlippe bekommt das Gesicht einen resignirten Ausdruck. Die hohe Stirn, an die sich ein langer Hinterkopf ansetzt, giebt dem ganzen Kopf ein quadratisches Aussehen.

Beide Frauen haben eine phantastische „Nymphenhaartracht"; die in der Mitte gescheitelte Haarmasse ist zum Theil in perlenbesetzte Zöpfe geflochten, zum Theil fällt sie frei an den Schläfen und im Nacken herab.

Ein frei flatternder Schopf wallt, ohne durch die Körperbewegung begründet zu sein, nach hinten.

Schon 1473 hatte *Polizian* in einer Elegie [1]) die jung verstorbene *Albiera d'Albizzi* mit einer Nymphe der Diana verglichen; das tertium comparationis waren auch hier die Haare: [2])

„Solverat effusos quoties sine lege capillos
Infesta est trepidis visa Diana feris"
und ebend. v. 79 ff.: [3])

„Emicat ante alias vultu pulcherrima nymphas
Albiera, et tremulum spargit ab ore jubar.
Aura quatit fusos in candida terga capillos
Irradiant dulci lumina nigra face."

Polizian muss für den Hauptschmuck der Frauen eine besondere Vorliebe gehabt haben; man lese nur von seiner Ode „in puellam suam" v. 13, 25:

„Puella, cujus non comas
Lyaeus aequaret puer,
Non pastor ille amphrysius
Amore mercennarius,
Comas decenter pendulas
Utroque frontis margine,
Nodis decenter aureis
Nexas, decenter pinnulis
Ludentium Cupidinum
Subventilantibus vagas,
Quas mille crispant annuli,
Quas ros odorque myrrheus
Commendat atque recreat."

Dem Frankfurter Bild (welches schon äusserlich durch die Gemme mit der Bestrafung des Marsyas [4]) auf eine Beziehung der Dargestellten zu den Medici hinweist) liegen dieselben Züge, wie dem Berliner Bild zu Grunde, nur dass in Folge der äusserlichen Vergrösserung des Kopfes (er ist überlebensgross) die Züge leerer erscheinen.

---

[1]) del Lungo l. c., p. 38.
[2]) L. c., p. 240, v. 33 ff.
[3]) L. c., p. 242.
[4]) Vgl. Müntz, Préc. d. l. R., Taf. zu p. 91. Dazu Bode, *IbPrKss*. XII (1891), p. 167.

— 43 —

Es macht den Eindruck, als sei dieses Bild später als das Berliner Bild der Simonetta in der Werkstatt Botticellis, etwa wie eine Reproduction eines beliebten Idealkopfes angefertigt.

Oben auf dem Haar trägt sie eine Agraffe mit Federn; solche „Nymphen" mit Federn im losen Haar, Bogen und Pfeilen sah man schon im Juni 1466 bei einer Giostra in Padua[1]) einherschreiten; sie gingen einem Wagen voraus, auf dem der Parnass mit Merkur auf der Spitze zu sehen war; am Fusse des Berges sassen um den castalischen Quell die Musen. In einem Bericht eines Augenzeugen heisst es:

„Vedeansi poscia venire dieci Ninfe in bianca veste colle chiome sparse sul collo, con pennacchi d'oro in capo, armate d'arco e faretra, a foggia di cacciatrici."

Vergleicht man das Profilbild der Frühlingsgöttin auf der „Geburt der Venus" mit den beiden genannten Bildern der Simonetta, so steht dem Gedanken nichts entgegen, dass wir auch auf dem Gemälde nicht nur die zur Nymphe idealisirte Simonetta vor uns haben, sondern auch das Abbild ihrer Gesichtszüge.

Wie auf den Portraits setzt auf einem langen Halse der quadratische Kopf an mit der symmetrischen Dreitheilung der Profillinie durch Stirn, Nase und Mund mit Kinn. Der Mund ist geschlossen, die Unterlippe hängt etwas vor.

Die Identität mit der auf dem Berliner Bild dargestellten Frau würde noch sicherer festzustellen sein, wenn die Frühlingsgöttin den Kopf nicht etwas erhoben hätte und wenn andererseits der Kopf auf dem Berliner Bilde in strengerem Profil gehalten wäre: der Mund würde dann kleiner, die Augenbraue höher geschwungen erscheinen und der Augapfel wäre dann nicht mehr in voller Rundung sichtbar.

Ein Profilbild mit der Unterschrift „Simonetta Januensis Vespuccia" im Besitze des Herzogs von Aumale[2]) müsste als Ausgangspunkt für die Vergleichung dienen, wenn das Bild nicht dem Piero di Cosimo[3]) zuzuschreiben wäre, welcher 1462 geboren wurde, so dass das Bild nicht nach dem Original angefertigt sein kann. Sie ist als Kleopatra dargestellt, wie sie der tödtliche Biss der Schlange trifft.

Selbst aus der schlechten Nachbildung im *l'Art* (1887, p. 60) kann man erkennen, dass es sich auch in diesem Falle um denselben Typus

---

[1]) Vgl. Giov. Visco, Descrizione della Giostra seguita in Padua nel Giugno 1466, p. 16. Per nozzi Gasparini-Brusoni, Padova 1852. Man sieht hier wieder, wie das damalige antikisirende Festwesen mit dem formalen Einfluss der Antike zusammenhängt. Ueber die „Nymphen" vgl. besonders oben p. 16 f. Schon 1451 sah man sie bei einer Procession am Geburtsfest Johannes d. T.; vgl. Cambiagi, Memorie istoriche per la Nativita di S. Gio. Battista, 1766, p. 65 ff., p. 67 (nach Matteo Palmieri): „Ventesimo [carro] Cavalleria di tre Re, Reine e Damigelle, e Ninfe, con cani, e altre appartenenze al vivo."

[2]) Chantilly, Abb. *l'Art*, 1887, p. 60.

[3]) Vgl. Frizzoni (zu Vas. Mil. IV, 144), *Arch. Stor. Ital.* 1879, p. 256/57, und Bode, Berl. Cat., p. 58. Schon Georges Lafenestre, *GdbA.* 1880, II, p. 376, Abb. p. 482, p. 482, stellte dies Portrait mit der Simonetta in der Giostra zusammen.

handelt, nur ist alles weicher wiedergegeben; der Haarputz, der weiter hinten am Kopfe ansetzt, ist ebenfalls „phantastisch" mit Perlen verziert, aber ohne flatternde Enden.

Dass die ihr Gesicht dem Beschauer voll zuwendende Frühlingsgöttin im „Reich der Venus" gleichfalls die — wenn auch idealisirten — Züge der Simonetta trägt, ist allein schon wegen der von dem üblichen Typus Botticellis abweichenden Formen wahrscheinlich, doch lässt sich der zwingende Beweis erst durch eine Untersuchung der Proportionen erbringen.[1]

Vier Sonette[2] *Lorenzos* legen ein beredtes Zeugniss für den tiefen Eindruck ab, den der Tod der Simonetta machte. Lorenzo hielt dieses Erlebniss und den poetischen Ausdruck, den er dafür gefunden hatte, für bedeutsam genug, um die Sonette nach Art der Vita Nova Dantes, mit einem Commentar zu begleiten, in dem er die Stimmung, der jedes einzelne Gedicht sein Entstehen verdankte, ausführlich beschreibt.

In dem ersten Sonett glaubt Lorenzo Simonetta in einem glänzenden Stern wieder zu erblicken, den er des Nachts, als er ihrer trauernd gedenkt, am Himmel erblickt. In dem zweiten Sonett vergleicht er sie mit der Blume Clizia, die nun vergeblich auf den wiederkehrenden Anblick der Sonne, der ihr neues Leben giebt, hoffe. In dem dritten Sonett beklagt er ihren Tod, der ihm alle Freude geraubt habe, Musen und Grazien sollen ihm klagen helfen. Das *vierte* Sonett ist der Ausdruck seines tiefsten Schmerzes. Er sieht keinen anderen Ausweg, dem zerstörenden Gram zu entfliehen, als den Tod.

Wenn man sich denkt, dass das „Reich der Venus" seine Veranlassung in einem ernsten Erlebniss hat, so lässt sich auch **Haltung und Stellung der Venus** eher verstehen; sie blickt den Beschauer ernst an, den Kopf beugt sie etwas nach ihrer rechten Hand hin, die sie mahnend erhebt.

Ganz ähnlich hat *Botticelli* die Worte illustrirt, die *Dante* der Mathilde in den Mund legt, als sie ihn auf das Herannahen der Beatrice aufmerksam macht.

„Quando la donna tutta a me si torse,
Dicendo: Guarda frate mio ed ascolta."[3]

Ebenso mag die Venus mit Lorenzos Worten,[4] inmitten der ewig jungen Geschöpfe ihres Reiches, auf den vergänglichen irdischen Abglanz ihrer Macht weisen:

„Quant è bella giovinezza
Che si fugge tuttavia
Che vuol esser lieto, sia
Di doman non c' è certezza."

---

[1] Vgl. unten p. 47.
[2] Ed. Barbèra, p. 35—63.
[3] Vgl. Botticellis Zeichnungen im Berl. Kpfstchcb. Purgatorio, Canto XXIX, 14/15. Die rechte Hand ist fast rechtwinklig zum Arm erhoben und mit der Fläche nach aussen gekehrt; der Kopf nach l. zu Dante gewendet und ebenso beide Augensterne. Die l. Hand liegt über dem l. Oberschenkel; da sie hier aber keinen Mantel zu halten hat, so scheint die Bewegung ohne Zweck.
[4] Lorenzo, Trionfo di Bacco ed Arianna l. c., p. 423.

Aus einer ähnlichen Stimmung heraus ruft Bernardo Pulci in seinem Klagegedicht den Olympiern zu, sie sollten doch der Erde die „Nymphe" Simonetta, die jetzt unter ihnen weile, wieder zurücksenden:[1]

v. 1. „Venite, sacre e gloriose dive,
Venite, Grazie lagrimose e meste
Accompagnar quel che piangendo scrive.

v. 10. Nymphe se ivi sentite i versi miei
Venite presto et convocate Amore
Prima che terra sia facta costei.

v. 145. Ciprigna, se tu hai potenza in cielo,
Perchè non hai col figliuol difesa
Costei, de' regni tuoi delizia e zelo?

v. 166. Forse le membra caste e peregrine
Solute ha Giove, e le nasconde in terra,
Per mostrar lei fra mille altre divine

v. 169. Poi ripor la vorrà più bella in terra,
Sì che del nostro pianto il ciel si vide
Et vede el creder nostro quanto egli erra.

v. 191. Nympha, che in terra un freddo saxo copre
Benigna Stella hor sa nel ciel gradita
Quando la luce tua vie si scopre
Torna a veder la tua patria smarrita."[2]

In dem Bilde der Frühlingsgöttin, die die Venus begleitet und damit die Erde zu neuem Leben wiedererweckt, dem tröstlichen Symbol des sich erneuernden Lebens, mögen — das sei hier hypothetisch ausgesprochen — Lorenzo und seine Freunde die Erinnerung an die „Bella Simonetta" bewahrt haben.

P. Müller-Walde[3] giebt in dem ersten Theil seines Leonardo Andeutungen, die darauf schliessen lassen, dass er sich das Milieu, dem einige Zeichnungen Leonardos ihren Ursprung verdanken, ähnlich vorstellt, wie es in der vorliegenden Arbeit für Botticelli darzustellen versucht wurde. Nur dass er die Anregungen von dem Anblick des Turnieres selbst und nicht hauptsächlich von dem Gedichte Polizians ausgehen lässt. Und doch lassen sich gerade die Windsorzeichnungen (b. M. W. Abb. 38—39) durch die in Polizians Festgedicht vorkommenden Gestalten ausreichend erklären, während „das gepanzerte Mädchen", „der Jüngling mit

---

[1] Vgl. A. Neri l. c., p. 141—146.
[2] Zu der Idee der Wiederkehr der Simonetta als Göttin vgl. Polizian, Giostra III, 34, 4:
„Poi vedea lieta in forma di Fortuna
Sorger sua ninfa, e rabbellirsi el mondo
E prender lei di sua vita governo
E lui con seco far per fama eterno."
[3] Leonardo da Vinci, Lebensskizze und Forschungen über sein Verhältnis zur Florentiner Kunst und zu Rafael, München 1889, p. 74 ff.

dem Speere" oder die „Beatrice" nur schwer in Zusammenhang mit der Giostra selbst gebracht werden können.

Der „Jüngling mit dem Speere"[1]) ist eben der Giuliano der „Giostra" Polizians, in dem Augenblicke dargestellt, wie er als Jäger, mit Hifthorn und Speer zur „Nymphe", die er verfolgt, hinblickt und sie sich zu ihm zurückwendet. Die „Simonetta" aber stellt doch wohl jene Frauenfigur vor, die M. W. „Beatrice"[2]) nennt. Sie hat ihr Kleid im Schreiten aufgenommen — Haar und Gewand der „Nymphe" flattern noch im Winde — und wendet nun den Kopf zu Giuliano zurück, um ihm auf Florenz hindeutend zu sagen:[3])

„Io non son qual tua mente in vano augeria
Non d'altar degna non di pura vittima
Ma là sovr' Arno nella vostra Etruria
Ho soggiogata alla teda legittima."

„Das gepanzerte Mädchen" könnte dann das Bild der Simonetta, Giuliano im Traume erscheinend, sein:[4])

„Par gli veder feroce la sua donna
Tutta nel volto rigida e proterva . . . . . .
Armata sopra alla candida gonna
Che 'l casto petto col Gorgon conserva."

Der reitende Jüngling (Abb. 38) wäre dann Giuliano zum Turnier ausziehend und bei dieser Zeichnung kann sehr wohl — wie M. W. will — die Erinnerung an das Turnier selbst zur Ausgestaltung der Einzelheiten beigetragen haben.

Das eng anliegende Gewand mit den flatternden Enden, welches Simonetta („Beatrice") trägt, entspricht nicht allein der Schilderung Polizians, sondern ist auch für Leonardo so recht das Kennzeichen einer antiken Nymphe.

Es geht das aus einer Stelle seines Trattato hervor:[5])

. . . „ma solo farai scoprire la quasi uera grossezza delle membra à una ninfa, o' uno angello, li quali si figurino vestiti di sotili vestimenti, sospinti o' inpressi da soffiare de venti; a questi tali et simili si potra benissimo far scoprire la forma delle membra loro.""

---

[1]) Abb. 36. Sein Kopf ist idealisirt.
[2]) Abb. 39. Dann freilich ohne jeden bildnisartigen Zug.
[3]) Giostra I, 51, 1 ff.
[4]) Giostra II, 28. Auch Müller-W. sieht in ihr die Simonetta; „die verschiedenen Umstände", die ihn auf diesen Gedanken bringen, mögen ähnliche wie die hier angeführten sein, wie denn der Verf. gerne M.-W. für Manches als Zeugen und Gewährsmann angeführt hätte; die Belege sind aber, in Folge der eigenthümlichen Anlage des Werkes, den Behauptungen — es liegen jetzt schon drei Jahre dazwischen — noch nicht nachgefolgt.
[5]) Ed. Ludwig (Wien 1888) I, p. 528, No. 589. Quellenschr. f. Kgsch. XV. Zu derselben Stelle bringt auch J. R. Richter, Leonardo. 1883, p. 200, diese Zeichnung bei.

Noch deutlicher stellt Leonardo an anderer Stelle die Antike als das maassgebende Vorbild für Bewegungsmotive hin:[1]

... „et imita, quanto puoi, li greci e latini co'l modo del scoprire le membra, quando il uento apoggia sopra di loro li panni."

Als Ergebniss dieser kunst-theoretischen Würdigung der Antike kann man die wild bewegte weibliche Figur auf dem *Stuckrelief*[2] im *Kensington-Museum* ansehen, deren Vorbild in einer antiken Maenade (etwa Hausers Typ. 26) zu suchen ist. Dass Leonardo ein derartiges neu-attisches Relief bekannt war, geht auch aus einer *Röthelzeichnung* in der *Ambrosiana* hervor, auf welcher ein Satyr mit einem Löwen dargestellt ist (etwa Hausers Typ. 22 entsprechend).[3]

Der Nachweis, wie die verschiedenen Simonettabilder zusammenhängen, kann jedoch erst durch eine eingehende Untersuchung über den Einfluss der Antike auf die Proportionen — ein Gegenstück zur vorliegenden Arbeit — geführt werden. Den Ausgangspunkt für diesen zweiten Versuch giebt wiederum Botticelli (in dem Frankfurter Bild der Simonetta); doch wird im Laufe der Darstellung Leonardo als der eigentliche Bearbeiter des Problems in den Vordergrund treten müssen.

Nur noch an einer einzigen anderen Stelle nämlich beruft sich Leonardo auf die Antike: auf Vitruv in Betreff der Proportionen des menschlichen Körpers.[4]

Gelänge es, den Einfluss der Antike auf die Gedanken der Frührenaissance über die Proportionen klarzulegen, so hätte man dafür Rückhalt in den Worten jenes Künstlers, der einen unübertroffenen Sinn für das Einzelne und Besondere mit einer ebenso starken Fähigkeit, das Gemeinsame und Gesetzmässige zu schauen, verband, deshalb sicherlich — weil er nur auf sich zurückzugreifen gewohnt war — die Antike nur da gelten liess, wo sie ihm als achtunggebietendes Vorbild erschien, das für ihn und seine Zeitgenossen noch eine lebendige Macht war.

---

[1] L. c., p. 523. Leonardo war gerade in den Jahren, wo man anzunehmen hat, dass Botticelli an seinen Venusallegorien arbeitete (also etwa 1476—1478) in der Werkstatt Verrocchios. Vgl. Bode, *Ibl'rKss.* III (1882), p. 288.

[2] Von Müller-W. Leonardo zugeschrieben und als Abb. 81 publizirt.

[3] Vgl. die Zeichnung des *San Gallo*, abg. Müntz, H. d. l'A. p. l. R. I, p. 238 dazu Hauser l. c., p. 17, No. 20.

[4] Vgl. J. P. Richter I, p. 182. Ebend. Abb.

Sandro Botticelli besitzt für jedes scharf umgrenzte Object im ruhigen Zustand das aufmerksame Auge des Florentinischen „Goldschmied-Malers"; das macht sich bei der Wiedergabe des Beiwerks in der liebevollen Genauigkeit geltend, mit der jede Einzelheit beobachtet und wiedergegeben wird.

Wie sehr das klare Detail das Grundelement seiner künstlerischen Auffassung ist, geht daraus hervor, dass er dem „Stimmungsvollen" der Landschaft keinen künstlerischen Werth beimaass.

Leonardo berichtet nämlich von ihm, dass er zu sagen pflegte, „Landschaftsmalen hätte keinen Sinn; man brauche ja nur einen mit verschiedenen Farben getränkten Schwamm an die Wand zu werfen und man könne sodann in dem Flecken die schönste Landschaft sehen". [1]

Leonardo, der Botticelli wegen dieses mangelnden Sinnes für die Landschaft den Charakter eines „pittore universale" abspricht, fügt hinzu:
— „e queste tal pitture fece tristissimi paesi."

Während Botticelli die aufmerksame Detailbeobachtung mit den meisten seiner künstlerischen Zeitgenossen gemeinsam hat, führte ihn eine besondere Vorliebe für ruhige Seelenstimmung dazu, bei der Wiedergabe menschlicher Gestalten den Köpfen jene träumerische, passive Schönheit zu verleihen, die heute noch als das besondere Merkmal seiner Schöpfungen bewundert wird.[2]

Von manchen Frauen und Jünglingen Botticellis möchte man sagen, sie seien eben erst aus einem Traume zum Bewusstsein der Aussenwelt erwacht, und, obgleich sie sich der Aussenwelt wieder thätig zuwenden, durchklängen noch die Traumbilder ihr Bewusstsein.

Es ist klar, dass Botticellis künstlerisches Temperament, das von dieser Vorliebe für ruhige Schönheit[3] getragen wird, eines äusseren Anstosses bedarf, um Scenen leidenschaftlicher Erregung als Vorwurf zu wählen und Botticelli ist um so bereitwilliger, die Ideen Anderer zu illustriren, als ihm dabei die zweite Seite seines Charakters, der Sinn für detaillirte Schilderung, vortrefflich zu Statten kommt. Aber nicht allein deshalb fanden Polizians Inventionen bei Botticelli ein geneigtes Ohr und eine willige Hand; die äussere Beweglichkeit des willenlosen Beiwerks, der Gewandung und der Haare, die ihm Polizian als Characteristicum antikischer Kunstwerke nahelegte, war ein leicht zu handhabendes, äusseres Kennzeichen, das überall da angehängt werden konnte, wo es galt, den Schein gesteigerten Lebens zu erwecken, und Botticelli machte von dieser

---

[1] Vgl. H. Ludwig l. c. I, p. 116, No. 60: „... come disse il nostro boticella, che tale studio era nano, perche col solo gittare d'una spunga piena di diuersi colori in un muro esse lasciana in esso muro una machia, dove si uedeua un bel paese."

[2] Die folgenden Bemerkungen können nur als ergänzende Zusätze zu Jul. Meyers ausführlicher und erschöpfender Analyse gelten.

[3] Der Dualismus zwischen Betheiligtsein und Abgewendetsein wird Botticellis Gesichtern physiognomisch auch dadurch gegeben, dass das Glanzlicht im Auge nicht punktförmig in der Pupille, sondern in der Iris sitzt, die manchmal auch kreisförmig aufgehellt ist. Dadurch erscheint das Auge den Gegenständen der Aussenwelt zwar zugewendet, aber nicht scharf auf diese eingestellt.

Erleichterung der bildlichen Wiedergabe erregter oder auch nur innerlich bewegter Menschen gerne Gebrauch.

Im XV. Jahrhundert verlangt "die Antike" von den Künstlern nicht unbedingt das Zurücktreten der durch eigene Beobachtung selbst errungenen Ausdrucksformen — wie es das XVI. Jahrhundert bei der Verkörperung antiker Stoffe auf antike Art verlangt — sondern lenkt nur die Aufmerksamkeit auf das schwierigste Problem für die bildende Kunst, auf das Festhalten der Bilder des bewegten Lebens.

Wie sehr die Florentiner Künstler des Quattrocento von dem Gefühl durchdrungen waren, dem Alterthum gleich zu sein, zeigt sich in einer Reihe von energischen Versuchen, in dem eigenen Leben ähnliche Formen zu finden und auf Grund eigener Arbeit auszugestalten. Führte dabei der "Einfluss der Antike" zu gedankenloser Wiederholung äusserlich gesteigerter Bewegungsmotive, so liegt das nicht an "der Antike", aus deren Gestaltenwelt man ja auch — seit Winckelmann — mit der gleichen Ueberzeugung für das Gegentheil, der "stillen Grösse", die Vorbilder nachgewiesen hat, sondern an dem Mangel künstlerischer Besonnenheit der bildenden Künstler.

Botticelli war schon einer von denen, die allzu biegsam waren.

"Je mehr es aber gelingt, einem Meister wirklich nahe zu kommen, sagt Justi,[1]) und ihn durch unermüdliches Fragen zum Sprechen zu bringen, desto strenger erscheint er in seinen Werken wie in eine eigene Welt eingeschlossen. Um mich scholastisch auszudrücken, jenes Allgemeine von Stamm, Schule und Zeit, das er von Andern hat, mit Andern theilt und auf Andere vererbt, ist nur sekundäres Wesen (δευτέρα οὐσία), das Individuelle, Idiosynkrasische, seine erste Substanz (πρώτη οὐσία). Das Merkmal des Genius ist also die Initiative."

Darzustellen, wie sich Sandro Botticelli mit den Anschauungen seiner Zeit über die Antike, wie mit einer Widerstand oder Unterwerfung fordernden Macht auseinandersetzte und was davon seine "zweite Substanz" wurde, war das Ziel der vorliegenden Untersuchung.

---

[1]) Diego Velazquez, Bonn 1888, I, p. 123.

INHALT.

Vorbemerkung 1

I. „DIE GEBURT DER VENUS."

Der Homerische Hymnus und Polizianos Giostra 1
L. B. Albertis Kunsttheorie . . . 5
Agostino di Duccios Verhältniss zu Alberti und zur antiken Skulptur 7
Polizian als Nachahmer Ovids und Claudians 8
Polizian als gelehrter Rathgeber Botticellis 10
Der „Frühling" der Hypnerotomachia Poliphili 12
Die Zeichnung von Chantilly . . . 13
Der Sarkophag der Woburn Abbey . 15
Die Beschreibung des Reliefs bei Pirro Ligorio 16
Filaretes „Nymphen" u. die „Aurae" des Plinius 17

Anhang. „Die verschollene Pallas."
Paolo Giovio und die Impresa Polizianos für Piero de' Medici . . 18
Der Holzschnitt zur Giostra-Ausgabe von 1513 19
Botticellis Zeichnung in Mailand . 20

II. „DER FRÜHLING."

Die drei Grazien.

Alberti und Seneca 23
Die drei Grazien im Codex Pighianus 24
Die drei Grazien auf dem Fresco der Villa Lemmi 25
Die Medaille des Niccolo Fiorentino 26
Die Brauttruhe in Hannover . . . 26

Zephyr und Flora.

Ovids Einfluss 27
Polizian und Ovid 28
Boccaccio und Ovid 30
Lorenzo de' Medicis „Ambra" . . . 31
Polizians Orfeo u. die Verfolgungsscene auf dem frühen ital. Theater 32

Die Frühlingsgöttin.

Die Statue der Uffizi 33

Der Hermes.

Die Medaille des Niccolo Fiorentino 34
Senecas Mercur 35
Die Ode des Horaz 36

„Das Reich der Venus."

Die Ode des Acciajuoli 36
Lucrez, Horaz u. Polizians Rusticus 37
Lorenzos Sonett 38

III. DIE ÄUSSERE VERANLASSUNG.

Die „Nymphe" Simonetta bei Polizian 40
Die Bilder der „Nymphe" Simonetta 41
Lorenzo und der Tod der Simonetta 44
Bernardo Pulcis Klagegedicht . . 45
Botticellis und Leornardos Verhältnis zur Giostra und zur Antike 47

ABBILDUNGEN.

Abb. 1. Die „Geburt der Venus" zu 1
Abb. 2. Der „Frühling" der Hypnerotomachia Poliphili . . 12
Abb. 3. Zeichnung in Chantilly . . 14
Abb. 4. Sarkophag der Woburn Abbey 15
Abb. 5. Holzschnitt der Giostra-Ausgabe von 1513 . . . 19
Abb. 6. Zeichnung Botticellis in Mailand 20
Abb. 7. Der „Frühling" . . . zu 22
Abb. 8. Marmorstatue der Uffizi . 34

Druckerei von August Osterrieth in Frankfurt a. M.

THE WARBURG INSTITUTE

LONDON

THE WARBURG INSTITUTE serves and promotes research on the *survival and revival of classical antiquity* in art, life and religion. This renaissance is to be found not only in the „classicism" of a period, its perfect poise, or serenity of attitude and emotion, but also in the appreciation of that side of the pagan temperament which breaks forth in violent gestures, dramatic ritual, festivals and dances. This leads to the question of what antiquity signifies in the various epochs, cultural centres and fields of human activity; in what form it is received; how it is transformed or re-interpreted; and shows how there survives, throughout the ages, a sort of ineradicable pagan demonism — which Christianity had to defy or tolerate — that monopolized entire realms of thought and life such as those of astrology, magic, legends and popular customs. On the other hand, the creations of Greek and Roman mythology, art and philosophy are apt to re-emerge from their disguises, whether oriental or western, fantastic or domesticated, and humanism gives them back their Olympian character, in essence as well as in form.

The *means of transmission*, through which the „social memory" allows cultural phenomena of one period to appear at a later time and under utterly different social and intellectual circumstances, are called symbols. Images such as the heathen gods and goddesses; myth and ritual of religious origin; gestures as created by art; metaphors in language; rites and customs of social life, are expressive of certain fundamental psychological processes. They belong to primitive cultures and complicated historical civilizations alike; they are transmitted through the centuries with astonishing tenacity and, once created, possess a vitality which causes them to be taken both as challenges and as models. In the case of European civilization, Greek art and mythology constituted, as it were, maximum values of expressive force, and for good or for evil Europe turned to these time and again. The phenomenon, however, of the original evolution of symbols, and of their transmission and transformation through subsequent strata of civilisation, is not limited to European conditions alone: it may be studied even better in primitive cultures, where the creative process is less encumbered by intellectual accessories.

This *method* of treating historical facts will not permit of their being taken separately. The importance of a work of art, considered in its expressive value, is only to be understood if its religious significance, its intellectual background, and the surrounding social and political circumstances are taken into account. It follows, therefore, that the history of art should not be studied independently, but rather in its interaction with other branches of learning, which in their turn demand the same elaboration.

This method makes the Warburg Institute a centre for scholars of various descriptions; anthropologists, theologians and historians of religion, mediaevalists, psychologists, folklorists, philologists and antiquaries find their own materials arranged in such a manner as to suggest certain interactions with and relations to other subjects. The conception of history as a unit results in the abolition of barriers between the different fields of research, and does away with narrow specializations. Thus the old idea of the „Universitas Litterarum", last realized in the eighteenth century, is again attempted by making the formation and transmission of symbols the central theme, and the „Survival of the Classics" its chief, though not its only field of application.

The promotion of these studies is served by the following instruments.

(1) *The library* is organised in such a way that the different subjects become visibly inter-connected in the arrangement. At present it comprises the following main sections, and numbers about 80,000 volumes in all:

First Section: Religion, Natural Science, and Philosophy.
  I. Anthropology and Comparative Religion.
  II. The Great Historical Religions, showing the development from Oriental to Classical Paganism, and thence through Late Paganism to Christianity.
  III. History of Magic and Cosmology, illustrating the development from Alchemy to Chemistry, from the Lore of the Medicine-Man to the Science of Medicine, and from Astrology to Astronomy.
  IV. History of Philosophical Ideas, two special questions having been singled out: a history of Platonism leading from Plato to Neo-Platonism and its revival in Renaissance thought, and a history of Aristotelian Philosophy, its commentaries and translations.

Second Section: Language and Literature.
  I. History of Greek and Roman Literature.
  II. Survival of Classical Poetry.
  III. Survival of Classical Subjects (Gods, Legends, Myths, Fables, Emblems and Proverbs, etc.)
  IV. History of Classical Scholarship, (a) Mediaeval and Renaissance Latin Literature; (b) History of Education, of Schools and Universities, of Collections of Manuscripts and Books, of Learned Travels, Encyclopaedias, etc.

Third Section: Fine Arts.
  I. Literary Sources.
  II. Iconography.

III. Primitive and Oriental Art; Pre-Hellenic Period.
  IV. Classical Archaeology, with a special section on the Art of the Roman Provinces.
  V. Early Christian and Mediaeval Art, with a special section on Illuminated Manuscripts.
  VI. Renaissance Art in Europe, with a special section on Applied Arts, Book Printing and Book Illustration.
  VII. History of Art Collections. Preservation of Classical Monuments.

Fourth Section: Social and Political Life.
  I. Methods of History and Sociology.
  II. History of Social and Political Institutions in Southern and Northern Europe (leading from the Greek City States through the Roman Empire to the Holy Roman Empire of the Middle Ages, and thence to the City States of the Italian Renaissance, the French, Spanish and English Courts, etc.)
  III. Folklore; History of Festivals (especially of the Renaissance), the Theatre, and Music.
  IV. Forms of Social Administration; Legal and Political Theory.

(2) *The collection of photographs* is systematized on the same lines. The pictorial symbols are understood as not only comprising works of art: any decorated object (furniture, heraldic decorations, tapestries, emblems and signs, seals, even stamps and posters), may be expressive of a mental attitude or hold a deliberate significance. As a depository for ancient themes and gestures book illustrations, illuminations, engravings and woodcuts receive special attention. Thus the photographic collection comprises one section in which reproductions of all kinds of artistic design, from the most elaborate works of art down to ornamented tools and implements of daily use, are arranged according to the themes represented on them; and a second section containing photographs of the astrological and mythological illuminated

manuscripts (1.230 MSS. at present) extant in European and American libraries.

(3) *A series of publications*, the „Studies of the Warburg Institute", discuss the „Survival of the Classics" by interconnecting the history of art and the history of intellectual, social and religious life.

(4) *A „Bibliography on the Survival of the Classics"* contains a reasoned survey of all publications issued within a given period, which either deal with the relevant subjects under their own titles or, by the nature of their theme, are bound to contain contributions to research on the nature of classical influence.

(5) *Lectures* by scholars of different nationalities are being arranged. Some of the earlier series have been published in book form. The series are frequently grouped round a main subject, such as Drama (1927/28), the Ascent of the Soul (1928/29), the Classical Influence in England (1930/31), the Cultural Function of Play (1936/37); so that each series again stresses the scope of the Institute both in its subject and through the discussion of the subject under different aspects.

These activities are to be supplemented by a new project: a *Quarterly Journal* which, in accordance with the Institute's policy, will unite scholars of different nations, and is to serve as a medium for the exchange of ideas between students who work on the same problem. It will be called: „*The Journal of the Warburg Institute*".

PREVIOUS PUBLICATIONS

STUDIES. Edited by F. SAXL.

E. Cassirer: Die Begriffsform im myth. Denken. 2/—

E. Panofsky u. F. Saxl: Dürers 'Melencolia I'. Eine quellen- und typengeschichtliche Untersuchung. Mit zahlr. Taf. [out of print]

H. Liebeschütz: Fulgentius Metaforalis. Ein Beitrag zur Geschichte der antiken Mythologie im Mittelalter. Mit 56 Abb. auf 32 Taf. [out of print]

E. Panofsky: Idea. Ein Beitrag zur Begriffsgeschichte der älteren Kunsttheorie. Mit 7 Abb. im Text. [out of print]

E. Cassirer: Sprache und Mythos. Ein Beitrag zum Problem der Götternamen. [out of print]

R. Reitzenstein u. H. H. Schaeder: Studien zum antiken Synkretismus. Aus Iran und Griechenland. Mit 8 Fig. auf 4 Taf. £ 1/6/— In cloth £ 1/10/—

F. Saxl: Antike Götter in der Spätrenaissance. Ein Freskenzyklus und ein „Discorso" des Jacopo Zucchi. Mit 4 Lichtdrucktaf. u. einem Brieffaksimile. 8/—

R. Schmidt-Degener: Rembrandt und der holländische Barock. Übersetzt von A. Pauli. 5/—

E. Cassirer: Individuum und Kosmos in der Philosophie der Renaissance. Mit 29 Abb. u. 2 Lichtdrucktaf. 25/—

H. Ritter, M. Plessner u. E. Jaffé: Picatrix (Arabischer Text). 25/— [Latin Text and German translation in preparation]

P. Lehmann: Pseudo-antike Literatur des Mittelalters. Mit 6 Taf. 5/—

H. Pruckner: Studien zu den astrologischen Schriften des Heinrich von Langenstein. 14/—

H. Liebeschütz: Das allegorische Weltbild der heiligen Hildegard von Bingen. 15/—

P. E. Schramm: Kaiser, Rom und Renovatio. I. Studien und Texte zur Geschichte des römischen Erneuerungsgedankens vom Ende des Karolingischen Reiches bis zum Investiturstreit. 18/—. II. Exkurse und Texte. 14/—.

E. Panofsky: Hercules am Scheidewege und andere antike Bildstoffe in der neueren Kunst. Mit 119 Abb. auf 77 Lichtdrucktaf. £ 1/15/—

W. Gundel: Dekane und Dekansternbilder. Ein Beitrag zur Geschichte der Sternbilder der Kulturvölker. Mit einer Untersuchung über die ägyptischen Sternbilder und Gottheiten der Dekane. Von S. Schott. £ 1/10

J. Kroll: Gott und Hölle. Der Mythos vom Descensuskampfe. 25/—

R. Pfeiffer: Humanitas Erasmiana. 1/6

W. Stechow: Apollo und Daphne. Mit 4 Abb. im Text u. 34 Lichtdrucktaf. mit 66 Abb. 8/6

E. Cassirer: Die Platonische Renaissance in England und die Schule von Cambridge. 10/—

Recently published:

Richard Salomon: Opicinus de Canistris. Weltbild und Bekenntnisse eines Avignonesischen Klerikers des 14. Jahrhunderts. Mit Beiträgen von A. Heimann und R. Krautheimer. (a) Text: 348 pp. (b) Illustrations: 45 plates (in separate volume). £ 2/10/— In cloth £ 2/17/6

LECTURES. Edited by F. SAXL.

Bd. I: Vorträge 1921—1922. Inhalt: F. Saxl, Die Bibliothek Warburg und ihr Ziel. E. Cassirer, Der Begriff der symbolischen Form im Aufbau der Geisteswissenschaften. A. Goldschmidt, Das Nachleben der antiken Formen im Mittelalter. G. Pauli, Dürer, Italien und die Antike. E. Wechssler, Eros und Minne. H. Ritter, Picatrix, ein arabisches Handbuch hellenistischer Magie. H. Junker, Über iranische Quellen der hellenistischen Aion-Vorstellung. [out of print]

Bd. II: Vorträge 1922—1923. I. Teil. Inhalt: E. Cassirer, Eidos und Eidolon. R.Reitzenstein, Augustin als antiker und als mittelalterlicher Mensch. H. Lietzmann, Der unterirdische Kultraum von Porta Maggiore in Rom. A. Doren, Fortuna im Mittelalter und in der Renaissance. P. E. Schramm, Das Herrscherbild in der Kunst des frühen Mittelalters. [out of print]

Vorträge 1922—1923: II. Teil. R. Eisler, Orphisch-dionysische Mysteriengedanken in der christlichen Antike. [out of print]

Bd. III: Vorträge 1923—1924. Inhalt: U. v.Wilamowitz-Moellendorff. Zeus. E. Hoffmann, Platonismus und Mittelalter. H. Liebeschütz. Kosmologische Motive in der Bildungswelt der Frühscholastik. R. Reitzenstein, Die nordischen, persischen und christlichen Vorstellungen vom Weltuntergang. H. Gressmann, Die Umwandlung der orientalischen Religionen unter dem Einfluß hellenischen Geistes. Franz J. Dölger, Gladiatorenblut und Märtyrerblut. A. Goldschmidt, Frühmittelalterliche illustrierte Enzyklopädien. C. Borchling. Rechtssymbolik im germanischen und römischen Recht. 12/—

Bd. IV: Vorträge 1924—1925. Inhalt: R.Reitzenstein, Alt-Griechische Theologie und ihre Quellen. R. Reitzenstein, Plato und Zarathustra. K. L. Schmidt, Der Apostel Paulus und die antike Welt. H. H.Schaeder, Urform und Fortbildungen des manichäisch. Systems. A. Doren, Wunschräume und Wunschzeiten. F. Dornseiff, Literarische Verwendungen des Beispiels. E. Fraenkel, Lucan als Mittler des antiken Pathos. E. Panofsky, Die Perspektive als „symbolische Form". R. Kautzsch, Werdende Gotik und Antike in der burgundischen Baukunst des 12. Jahrhunderts. 18/—

Bd.V: Vorträge1925—1926. Inhalt: O.Franke, Der kosmische Gedanke in Philosophie und Staat der Chinesen. H. Lietzmann, Die Entstehung der christlichen Liturgie nach den ältesten Quellen. P. Hensel. Montaigne und die Antike. K. Brandi, Cola di Rienzo und sein Verhältnis zu Renaissance und Humanismus. J. Mesnil, Die Kunstlehre der Frührenaissance im Werke Masaccios. F. Noack, Triumph und Triumphbogen. 12/—

Bd. VI: Vorträge 1926—1927. Inhalt: J. v. Schlosser, Vom modernen Denkmalkultus. G. Swarzenski, Der Kölner Meister bei Ghiberti. H. Tietze, Romanische Kunst und Renaissance. M. D. Henkel, Illustrierte Ausgaben von Ovids Metamorphosen im XV., XVI. u. XVII. Jahrh. R. Salomon, Das Weltbild eines avignonesischen Klerikers. H. Sieveking, Die Akademie von Ham. 25/—

Bd. VII: Vorträge 1927—1928. Zur Geschichte des Dramas. Inhalt: K. Th. Preuß, Der Unterbau des Dramas. J. Geffcken, Der Begriff des Tragischen in der Antike. O. Regenbogen, Schmerz und Tod in den Tragödien Senecas. K. Voßler, Die Antike und die Bühnendichtung der Romanen. J. Kroll, Zur Geschichte des Spieles von Christi Höllenfahrt. £ 1.

Bd. VIII: Vorträge 1928—1929. Über die Vorstellungen von der Himmelsreise der Seele. Inhalt: H. Kees, Die Himmelsreise im ägyptischen Totenglauben. R. Reitzenstein, Heilige Handlung. R. Hartmann, Die Himmelsreise Muhammeds und ihre Bedeutung in der Religion des Islam. H. Schrade, Zur Ikonographie der Himmelfahrt Christi. A. Farinelli, Der Aufstieg der Seele bei Dante. W. Friedlaender, Der antimanieristische Stil um 1590 und sein Verhältnis zum Übersinnlichen. £ 1.

Bd. IX: Vorträge 1930—1931. England und die Antike. Inhalt: E. F. Jacob, Some aspects of classical influence in medieval England. H. Liebeschütz, Der Sinn des Wissens bei Roger Bacon. J. A. K. Thomson, Erasmus in England. W. F. Schirmer, Chaucer, Shakespeare und die Antike. E. de Selincourt, Romanticism and Classicism in Walter Savage Landor. E. Cassirer, Shaftesbury und die Renaissance des Platonismus in England. R. W. Livingstone, The position and function of classical studies in modern English education. O. Fischel, Inigo Jones und der Theaterstil der Renaissance. E. Wind, Humanitätsidee und heroisiertes Porträt in der englischen Kultur des 18. Jahrhunderts. 18/—

A BIBLIOGRAPHY ON THE SURVIVAL OF THE CLASSICS. Edited by the Warburg Institute. First volume: The publications of 1931. The Text of the German edition with an English introduction. 21/—

KULTURWISSENSCHAFTLICHE BIBLIOGRAPHIE ZUM NACHLEBEN DER ANTIKE. I. Band: Die Erscheinungen des Jahres 1931. In Gemeinschaft mit Fachgenossen bearbeitet von Hans Meier / Richard Newald / Edgar Wind. 21/—

A. WARBURG
GESAMMELTE SCHRIFTEN

Band I und II:
DIE ERNEUERUNG DER HEIDNISCHEN ANTIKE

Kulturwissenschaftliche Beiträge
zur Geschichte der europäischen Renaissance

Mit einem Anhang unveröffentlichter Zusätze unter Mitarbeit von
Fritz Rougemont herausgegeben von Gertrud Bing

XXVIII, 725 Seiten mit 181 Abbildungen
£ 3/3/— In cloth £ 3/15/—

NEW PUBLICATIONS
IN COURSE OF PREPARATION

The Drawings of Nicolas Poussin. Edited by Walter Friedlaender. Complete Catalogue with about 260 Illustrations in collotype.

Catalogue of Mythological and Astrological Manuscripts, preserved in the Libraries of London, Oxford and Cambridge. Compiled by F. Saxl and H. Meier. With 64 plates in collotype.

Myth and Allegory in Ancient Art. By R. Hinks. With 32 plates in collotype.

A Bibliography on the Survival of the Classics. Vol. II. The Publications of 1932—33. Edited for the Warburg Institute by H. Meier.

Melancholia. Eine quellengeschichtliche Untersuchung zu Dürers Kupferstich „Melencolia I". Von F. Saxl und E. Panofsky. An entirely rewritten and greatly enlarged new edition of the book previously published as no. 2 in the "Studien" (see p. 7).

The Continuity of the Platonic Tradition during the Middle Ages. Outlines of a Corpus Platonicum Medii Aevi. By R. Klibansky.

Monuments of Ancient Art in the Renaissance period. Edited by L. Burchard und A. Scharf.

Caricatura. An essay on the origins and principles of caricature. By E. Gombrich and E. Kris.

The Religious Symbolism of Michelangelo. By Edgar Wind.

THE JOURNAL OF THE WARBURG INSTITUTE.
An illustrated Quarterly. Edited by Edgar Wind and Rudolf Wittkower.

Nicht einzeln im Buchhandel käuflich.

Sonderabdruck
aus
„Vierter Kongreß für Ästhetik und allgemeine Kunstwissenschaft".
(Beilageheft zur Zeitschrift für Ästhetik und allgemeine Kunstwissenschaft, Band 25)
Herausgegeben von
HERMANN NOACK
Verlag von FERDINAND ENKE, STUTTGART.
1931

Edgar Wind:

Warburgs Begriff der Kulturwissenschaft und seine Bedeutung für die Ästhetik.

Es ist meine Aufgabe, Sie als die Teilnehmer eines Ästhetischen Kongresses in den Problemkreis einer Bibliothek einzuführen, die ihre eigene Arbeitsweise ausdrücklich als kulturwissenschaftlich bezeichnet. Da scheint es meine nächstliegende Pflicht zu sein, das Verhältnis von Ästhetik und Kulturwissenschaft, wie es in dieser Bibliothek verstanden wird, klarzulegen. Ich möchte zu diesem Zweck an die Wandlung, die das Verhältnis von Kunst- und Kulturgeschichte in den letzten Jahrzehnten erfahren hat, anknüpfen und an einigen Tatsachen aus der Geschichte dieser Wandlung, die Ihnen allen bekannt sind, darlegen, wie die wissenschaftliche Entwicklung dazu gedrängt hat, das Problem aufzuwerfen, zu dessen Bearbeitung die Bibliothek die Materialien bereitzustellen und das begriffliche Rüstzeug auszubilden sucht.

Bei der eigentlichen Darstellung dieses Problems werde ich mich dann im Wesentlichen auf drei Punkte beschränken:

Warburgs Begriff des B i l d e s, seine Theorie des S y m b o l s und seine Psychologie des mimischen und hantierenden A u s d r u c k s.

I.

Der Begriff des „Bildes".

Betrachtet man die Werke Riegls und Wölfflins, die auf die vergangenen Jahrzehnte so bestimmend gewirkt haben, so verbindet sie — bei allen Unterschieden im einzelnen — der Kampf um die Autonomie der Kunstgeschichte, das Bestreben, sie von der Kulturgeschichte loszulösen und so mit derjenigen Tradition zu brechen, die an den Namen Jakob Burckhardts geknüpft ist. In wenigen Sätzen will ich versuchen, die Motive dieses Kampfes und sein methodisches Ergebnis zusammenzufassen:

1. Ihren Antrieb erhielt die Sonderung von kunst- und kulturgeschichtlicher Forschungsweise aus dem künstlerischen Empfinden einer Zeit, die überzeugt war, daß es zum Wesen der reinen Kunstbetrachtung

gehöre, von allem Gegenständlichen im Kunstwerk abzusehen und sich auf das „reine Sehen" zu beschränken.

2. Diese Tendenz zum „reinen Sehen" wurde innerhalb der Kunstwissenschaft verschärft durch die Einführung von Reflexionsbegriffen, die es ermöglichten, dort, wo ursprünglich eine Akzentverschiebung des künstlerischen Interesses vom Gegenständlichen auf die Behandlungsweise des Gegenständlichen stattgefunden hatte, eine radikale Trennung zu vollziehen. So verwendet z. B. Wölfflin die Antithese von Stoff und Form. Und da er auf die Seite der Form nur das, was er die „optische Schicht" nennt, aufnimmt, so fällt unter der Kategorie des Stoffes all das zusammen, was nicht in diesem radikalen Sinne zum Sichtbaren gehört: nicht nur gegenständliche Motive, Schönheitsbegriffe, Ausdruckscharaktere, Stimmungswerte, sondern auch diejenige gerätmäßige Differenzierung, die innerhalb des Sichtbaren eine Stufung der Gegenständlichkeit bewirkt und die Unterschiede der Kunstgattungen hervorruft. Es ist, als ob Wölfflin sich die Aufgabe gestellt hätte, den denkbar allgemeinsten Ausdruck für einen Stil auf mathematischem Wege zu finden. Denn genau wie ein mathematischer Logiker durch Formalisierung eine allgemeine Satzfunktion aufstellt, aus der man aber einen sinnvollen Satz erst dann erhält, wenn man für die variablen Werte feste Wortbedeutungen, Ausdrücke für Einzelbeziehungen, einsetzt, — genau so definiert Wölfflin die malerische Anschauungsweise als eine allgemeine Stilfunktion, die je nach dem besonderen Bedürfnis des Ausdrucks so verschiedentlich spezifiziert werden kann, daß sie etwa auf der einen Seite zu Bernini führt, auf der anderen zu Terborch. Und diese allgemeine Formel, deren logische Macht sich zweifellos darin bewährt, daß sie so entgegengesetzte Erscheinungen unter einem Gesichtspunkt vereinigt, um sie als Gesamtheit gegen eine anders strukturierte Formel abzusetzen, die ihrerseits wiederum unter dem Titel „linear" so entgegengesetzte Erscheinungen wie Michelangelo und den jüngeren Holbein zusammenfaßt, — diese allgemeine Formel wird nun plötzlich verdinglicht zu einer lebendigen Funktion des Auges, die ihre eigene Geschichte haben soll. Der logische Drang zur Formalisierung, der der ästhetischen Formtheorie eine Schärfe verleiht, die sie von sich aus gar nicht rechtfertigen kann, verbindet sich mit dem Drang zur Hypostasierung, der die einmal gefundene Formel zum lebendigen Subjekt einer Entwicklung macht.

3. Die Antithese von Stoff und Form findet so ihr logisches Gegenstück in der Theorie einer immanenten Kunstentwicklung, die den gesamten Prozeß der Entwicklung in die Form allein verlegt und diese auf jeder historischen Stufe gegenüber allen Unterschieden der technischen Herstellung wie des Ausdrucks als funktionell invariant be-

trachtet. Dies bedeutet, positiv gesprochen, eine Parallelisierung der Kunstgattungen (denn keine soll für die Betrachtung der Formentwicklung unwichtiger sein als die andere), negativ gesprochen, eine Nivellierung ihrer Unterschiede, (denn die eine soll nichts anderes lehren als die andere). Statt einer Geschichte der Kunst, die Entstehung und Schicksal der Monumente als Träger sinnfälliger Gestaltung verfolgt, erhalten wir auf diese Weise z. B. bei Riegl eine Geschichte des Kunstwollens, die das Gestalthafte vom Sinnfälligen isoliert und dennoch die Gestaltwandlung unter dem Schein einer dialektischen Entwicklung in zeitlicher Abfolge vorführt, — ein genaues Gegenstück zu Wölfflins Geschichte des Sehens[1]).

4. Schließlich wird aber diese Parallelisierung nicht nur innerhalb der Kunst für ihre verschiedenen Gattungen, sondern auch innerhalb der Gesamtkultur für die Beziehung der Kunst zu den übrigen Kulturleistungen durchgeführt. Dies bedeutet aber nur einen weiteren Schritt auf dem Wege der Formalisierung; denn dieselbe Antithese von Stoff und Form, die auf ihrer untersten Stufe den Bruch zwischen Kultur- und Kunstwissenschaft herbeigeführt hat, wird auf dieser höheren Stufe dazu benutzt, die Beziehung zwischen beiden wiederherzustellen. Aber ebenso problematisch wie die ursprüngliche Trennung ist die spätere Zusammenfassung; denn genau so unfaßbar wie der Stoffbegriff, der auf

---

[1]) Freilich ist das Schema der Reflexionsbegriffe hier ein ganz anderes als bei Wölfflin: Nicht die einfache Antithese von Stoff und Form, sondern ein komplexes Verhältnis dynamischer Auseinandersetzung zwischen einem „zweckbewußten Kunstwollen" und den „Reibungskoeffizienten" von Gebrauchszweck, Rohstoff und Technik. Aber das dynamische Element verflüchtigt sich alsbald, wenn man Riegls Verfahrungsweise im einzelnen verfolgt. Denn um das Kunstwollen einer Epoche in den verschiedensten Arten der Kunsterzeugung als identisch nachzuweisen, gibt es für ihn keinen anderen Weg als den der Formalisierung. Für das Studium der Ornamentgeschichte fordert er ausdrücklich Abwendung von der Betrachtung des ornamentalen Motivs in seiner „gegenständlichen Bedeutung", stattdessen Zuwendung zur Analyse der „Behandlung des Motivs als Form und Farbe in Ebene und Raum". Für die Bildgeschichte im weiteren Sinne fordert er in entsprechender Weise Abwendung von aller gegenständlichen Betrachtung, die das Bild in kulturgeschichtliche Zusammenhänge einstellt, stattdessen Zuwendung zu denjenigen formalen Problemen, die das Bild mit allen anderen Formen sichtbarer Kunstgestaltung gemeinsam hat. „Der ikonographische Inhalt", so heißt es in der spät-römischen Kunstindustrie, „ist eben durchaus verschieden von dem künstlerischen; der auf Erweckung bestimmter Vorstellungen gerichtete Zweck, dem der erstere dient, ist ein äußerer gleich dem Gebrauchszwecke der kunstgewerblichen und architektonischen Werke, während der eigentliche Kunstzweck lediglich darauf gerichtet ist, die Dinge in Umriß und Farbe, in Ebene oder Raum derart darzustellen, daß sie das erlösende Wohlgefallen des Beschauers erregen". Mit dieser Antithese von Gebrauchszweck und Kunstzweck, wobei auf der Seite des Kunstzweckes nur die optische Schicht zugelassen wird, während sich auf der Seite des Gebrauchszwecks nicht nur die materiellen Bedingungen vorfinden, sondern auch die Vorstellungen, die durch das Bild erweckt werden und in seiner Betrachtung mitschwingen sollen — stehen wir schon ganz auf Wölfflinschem Boden.

der untersten Stufe die heterogensten Elemente in sich vereinigte, ist jetzt, auf der obersten Stufe, der Formbegriff geworden, jener Begriff eines allgemeinen Kulturwollens, das weder künstlerisch noch sozial noch religiös oder philosophisch ist, sondern alles dies in einem. Zwar hat zweifellos dieser Drang zur Verallgemeinerung der in diesem Schema befangenen Kunstgeschichte die „großen Gesichtspunkte" gegeben, — Gesichtspunkte, denen Wölfflin zu paradigmatischer Formulierung verhalf, als er erklärte, man könne das spezifische Formempfinden des gotischen Stils ebensowohl aus einem Spitzschuh herausfühlen wie aus einer Kathedrale. Aber je mehr man auf diese Weise lernte, an einem Spitzschuh gerade auf das zu achten, was man an einer Kathedrale zu sehen gewohnt war, oder bei einer Kathedrale das zu bemerken, was einen zur Not auch ein Spitzschuh hätte lehren können, desto mehr verlor man das Gefühl für die elementare Tatsache, daß ein Schuh ein Gegenstand ist, den man über den Fuß schlüpft um auszugehen, während man in eine Kathedrale eintritt um seine Andacht zu verrichten. Und wer wollte leugnen, daß diese — sagen wir ruhig — vorkünstlerische Bestimmung, die die wesentlichen Unterschiede der beiden begründet — (Unterschiede des gerätmäßigen Gebrauchs mit Bezug auf den hantierenden Menschen) — gerade in der künstlerischen Gestaltung bestimmend mitschwingt und ästhetische Unterschiede bewirkt: — Unterschiede des Formgehalts mit Bezug auf den betrachtenden Menschen?

Ich erwähne diese Selbstverständlichkeit nicht, weil ich glaube, daß sie jemals völlig übersehen worden wäre, sondern nur weil ich mit ihrer Hervorhebung den Ansatz zu unserem Problem gewinne. Es kommt darauf an zu erkennen, daß die **Nivellierung der Kunstgattungen** und die mit ihr verbundene **Ausschaltung des hantierenden Menschen** in einem notwendigen logischen Zusammenhang steht mit der **formalen Kunstauffassung** einerseits und der **parallelisierenden Geschichtsauffassung** andererseits. Es besteht hier eine unlösbare Trias zwischen **konkreter Kunstbetrachtung, Kunsttheorie und Geschichtskonstruktion**, und jede Schwäche, die einer dieser drei Begriffs- oder Verhaltungssphären anhaftet, fällt immer auch zu Lasten der beiden anderen. Man kann daher die aufbauende Kritik in dreifacher Weise üben. Man kann sich dem Problem von der Seite der Geschichtsphilosophie nähern und zeigen, daß durch Parallelisierung der verschiedenen Kulturgebiete die Energien ausgeschaltet werden, die sich in der Auseinandersetzung zwischen ihnen entwickeln, und ohne welche der dynamische Fortgang der Geschichte überhaupt nicht verständlich wird. Man kann sich auch dem Problem von der Seite der Psychologie und Ästhetik nähern und zeigen, daß der Begriff des „reinen Sehens" eine Abstraktion ist, die in der Erscheinung niemals ihr volles Gegenstück findet, da in jedem Akt des Sehens der Erfahrungsbestand als ganzer mitschwingt, so daß, was dem Begriff nach als das „bloß Sichtbare" postuliert werden mag, niemals vollständig aus dem Erlebniszusammenhang, in dem es auftritt, isoliert werden kann. Man kann aber auch den Weg der Mitte wählen und, statt die erwähnten Wechselbeziehungen *in abstracto* zu behaupten, ihnen dort nachspüren, wo sie am einzelnen Objekt historisch faßbar werden, und in der Arbeit an diesem konkreten, gerätmäßig gebundenen Objekt Kategorien entwickeln und als tragfähig erweisen, die dann der Ästhetik und der Geschichtsphilosophie zugute kommen.

Diesen dritten Weg ist Warburg gegangen. Er hat, um die Bedingungen der Stilbildung tiefer als bisher zu ergründen, die Arbeit Burckhardts gerade in der Richtung weitergeführt, von der Wölfflin — auch er im Interesse eines vertieften Verständnisses für den Prozeß der Stilbildung — mit vollem Bewußtsein abgebogen war. Wenn Wölfflin die Sonderung von Kultur- und Kunstwissenschaft verlangte, so konnte er sich ja mit einem gewissen Recht auf Burckhardts Beispiel berufen; aber wenn in Burckhardts „Cicerone" und seiner „Kultur der Renaissance" beide Gebiete auch auseinandertraten, so gründete sich diese Sonderung doch nicht auf ein Prinzip, sondern gehorchte nur den Forderungen der Ökonomie. „Er erfüllte einfach" — so sagt Warburg —, „die nächstliegende Pflicht, zunächst den Renaissancemenschen im höchstentwickelten Typus und die Kunst in ihren schönsten Erzeugnissen in aller Ruhe gesondert zu betrachten, unbekümmert darum, ob ihm selbst die zusammenfassende Darstellung der ganzen Kultur noch vergönnt sein würde"[1]. Aus der wissenschaftlichen Selbstverleugnung des Pfadfinders ist es nach Warburgs Ansicht zu erklären, daß Burckhardt das kulturgeschichtliche Problem der Renaissance, „anstatt es in seiner ganzen künstlerisch lockenden Einheitlichkeit anzupacken, in mehrere äußerlich unzusammenhängende Teile zerlegte, um jeden für sich mit souveräner Gelassenheit zu erforschen und darzustellen". Aber die „Unbekümmertheit" des Pioniers ist den Fortsetzern des Werkes nicht erlaubt. Daher wird das, was bei Burckhardt eine Frage der darstellerischen Ökonomie gewesen war, bei Wölfflin und Warburg zu einem theoretischen Problem. Dem Begriff des reinen künstlerischen Sehens, den Wölfflin in der Auseinandersetzung mit Burckhardt entwickelt hat, stellt Warburg den Begriff der Gesamtkultur entgegen, in der das künstlerische Sehen eine notwendige Funktion erfüllt. Wer aber die Funktionsweise dieses Sehens verstehen will — so lautet die weitere Folgerung —, der darf es nicht aus seinem Zusammenhang mit den übrigen Kulturfunktionen völ-

---

[1] Bildniskunst und florentinisches Bürgertum I. Leipzig 1902.

lig herauslösen. Er muß vielmehr die doppelte Frage stellen: Was bedeuten diese übrigen Funktionen — Religion und Dichtung, Mythos und Wissenschaft, Gesellschaft und Staat — für die bildhafte Phantasie? Was bedeutet das Bild für diese Funktionen? Es ist charakteristisch, daß Wölfflin und Riegl, die die erste Frage ausdrücklich ablehnen, die zweite unwillkürlich übersehen. „Wer alles nur auf Ausdruck bezieht" — so heißt es bei Wölfflin — „macht die falsche Voraussetzung, daß jeder Stimmung immer dieselben Ausdrucksmittel zur Verfügung gestanden hätten"[1]). Aber was heißt hier eigentlich: „j e d e r Stimmung"? Sind denn die auszudrückenden Stimmungen dieselben geblieben und nur die Ausdrucks m i t t e l hätten sich gewandelt? Ist denn das Bild nur Stimmungs g e s t a l t e r; ist es nicht zugleich auch Stimmungs e r r e g e r?

Und eine ganz ähnliche Bemerkung findet sich bei Riegl. „Die bildende Kunst" — so sagt er ausdrücklich — „hat es nicht mit dem Was sondern mit dem Wie der Erscheinung zu tun, und läßt sich das Was namentlich durch Dichtung und Religion fertig liefern"[2]). Was heißt aber hier „fertig liefern"? Hat das Bild keinen Anteil an der Phantasie des Dichters, keinen Anteil an der Bildung einer Religion?

Es ist eine der Grundüberzeugungen Warburgs, daß jeder Versuch, das Bild aus seiner Beziehung zu Religion und Poesie, Kulthandlung und Drama herauszulösen, der Abschnürung seiner eigentlichen Lebenssäfte gleichkommt. Für wen aber das Bild diese unauflösliche Verflochtenheit mit der Gesamtkultur besitzt, dem stellt sich auch die Aufgabe, ein Bild, das man nicht mehr unmittelbar versteht, zum Sprechen zu bringen, ganz anders dar als jemanden, der an ein „reines Sehen" im abstrakten Sinne glaubt. Es handelt sich nicht darum, nur das Auge zu schulen, so daß es den Formverzweigungen einer ihm ungewohnten Linienführung zu folgen und sie zu genießen vermag — sondern es handelt sich darum, die in dieser Sehweise mitschwingenden Vorstellungen, die der Vergessenheit anheimgefallen sind, zu neuem Leben zu erwecken. Die Methode, durch die dies erreicht wird, kann nur eine indirekte sein. Man muß durch das Studium aller Arten von Urkunden, die sich mit diesem Bild nach historisch-kritischer Methode in Verbindung bringen lassen, einen Indizienbeweis führen für die Tatsache, daß ein im einzelnen aufzuweisender Vorstellungskomplex an der Gestaltung dieses Bildes mitgewirkt hat. Der Forscher aber, der auf diese Weise einen längst verschütteten Komplex von Vorstellungen aufdeckt, kann sich nicht dem Glauben hingeben, daß seine Betrachtung eines Bildes ein einfaches Anschauen, ein unmittelbares Sicheinfühlen sei.

---
[1]) Kunstgeschichtliche Grundbegriffe.
[2]) Spätrömische Kunstindustrie.

Es wird für ihn zu einem begrifflich geleiteten Erinnerungsvorgang, durch den er eintritt in die Reihe derer, die die „Erfahrung" der Vergangenheit lebendig erhalten. Warburg war davon überzeugt, daß er in seiner eigenen Arbeit, das heißt im reflektierten Akt der Bildanalyse, eine Funktion ausübte, die das Bildgedächtnis der Menschen im spontanen Akte der Bildsynthese unter dem Zwange des Ausdruckstriebes vollzieht: das Sichwiedererinnern an vorgeprägte Formen. Das Wort Μνημοσύνη, das er über den Eingang seines Forschungsinstituts hat setzen lassen, ist in diesem doppelten Sinne zu verstehen: als Aufforderung an den Forscher, sich darauf zu besinnen, daß er, indem er Werke der Vergangenheit deutet, Erbgutverwalter der in ihnen niedergelegten Erfahrung ist — zugleich aber als Hinweis auf diese Erfahrung selbst als einen G e g e n s t a n d der Forschung, d. h. als Aufforderung, die Funktionsweise des sozialen Gedächtnisses an Hand des historischen Materials zu untersuchen.

Beim Studium der florentiner Frührenaissance war ihm die Wirksamkeit dieses sozialen Gedächtnisses in ganz konkreter Form entgegengetreten: In der Tatsache des Wiederauflebens antiker Bildformen in der zeitgenössischen Kunst. Die Frage „Was bedeutet der Einfluß der Antike für die künstlerische Kultur der Frührenaissance?" hat ihn seither nicht wieder losgelassen. Aber weil in dieser Frage für ihn immer die allgemeinere enthalten war: „Worauf beruht die Auseinandersetzung mit der gedächtnismäßig überlieferten Vorprägung?", und weil in dieser allgemeinen Frage sein persönliches Arbeiten als Objekt miteinbegriffen war, wurde die Frage nach der Bedeutung des Nachlebens der Antike in fast magischer Weise zu seiner eigenen. Jede Entdeckung am Gegenstand seiner Forschung war zugleich ein Akt der Selbstbesinnung. Jede Erschütterung, die er an sich selbst erfuhr und durch Besinnung überwand, wurde zum Organ seiner historischen Erkenntnis. Nur so wurde es ihm möglich, in der Analyse des Frührenaissance-Menschen bis in jene Tiefenschicht vorzudringen, in der die schärfsten Gegensätze sich versöhnen, jene Ausgleichspsychologie zu entwickeln, die den widerstreitenden Seelenregungen verschiedene seelische Orte zuweist und sie als Pole einer einheitlichen Schwingung versteht, — Pole, an deren Entfernung voneinander sich das Ausmaß der Schwingung ermessen läßt. Aber nur so wird es auch erklärlich, daß die Antwort, die er in dieser Polaritätstheorie des seelischen Verhaltens auf seine grundlegende Frage nach dem Wesen der Auseinandersetzung mit den vorgeprägten Formen der Antike fand, sich zu einer allgemeinen These erweiterte: Zu der These, daß im Prozeß der Bildgeschichte die vorgeprägten Ausdruckswerte, je nach der seelischen Schwingungsweite der umbildenden Kraft, eine Polarisierung erfahren.

Die Funktion des Bildes innerhalb der Gesamtkultur ist von dieser Polaritätstheorie her zu bestimmen.

II.
Die Polaritätstheorie des Symbols.

Warburg hat sich sein begriffliches Rüstzeug im Studium der psychologischen Ästhetik seiner Zeit erarbeitet, vor allem aber in der Auseinandersetzung mit der Ästhetik Friedrich Theodor Vischers. Den Vischerschen Aufsatz „Das Symbol"[1]), den er schon in seiner ersten Schrift, der Dissertation über Botticelli zitiert[2]), hat er wieder und wieder gelesen, und die darin entwickelten Grundsätze, indem er sie am konkreten Material erprobte, für sich neu durchgedacht und weitergebildet. Von hier aus ist daher auch am leichtesten ein Zugang zu seinem Begriffssystem als ganzem zu finden.

Das Symbol definiert Vischer zunächst als Verbindung von Bild und Bedeutung durch einen Vergleichspunkt, wobei mit dem Ausdruck „Bild" irgend ein sichtbarer Gegenstand, mit dem Ausdruck „Bedeutung" irgend ein Begriff, gleichviel welchem Vorstellungskreise er entnommen sein mag, gemeint ist. Zum Beispiel: ein Bündel Pfeile für Einigkeit, ein Stern für Schicksal, ein Schiff für christliche Kirche, ein Schwert für Gewalt und Scheidung, ein Löwe für Mut oder Großmut.

Aber diese Definition ist nur als vorläufige aufzufassen; denn sie dient lediglich zur Bezeichnung des Problems, „die Hauptarten der Verbindung zwischen Bild und Sinn auseinanderzuhalten", wobei sich zeigen soll, daß, wo die Art der Verbindung sich ändert, auch der Begriff des Bildes und der Begriff des Sinnes sich wandeln.

Vischer unterscheidet drei Stufen: Die erste, die ganz dem religiösen Bewußtsein angehört, nennt er die „dunkel-verwechselnde". Warburg nennt sie später die „magisch-verknüpfende". Bild und Bedeutung werden in eins gesetzt. Der Stier, — so sagt Vischer, — durch den Vergleichspunkt seiner Stärke und Zeugungskraft wird Symbol der Urkraft, aber mit dieser verwechselt und infolgedessen als heilig verehrt. Die Schlange, — dies ist ein Beispiel von Warburg — durch die Ähnlichkeit ihrer Gestalt und die Gefährlichkeit ihres Wirkens Symbol des Blitzes, wird beim Schlangentanz, der den fruchtbaren Gewitterregen herabbeschwören soll, ergriffen und in den Mund genommen. Ja, die greifbare Substanz des Symbols für eine Kraft, die man sich anzueignen bestrebt ist, wird durch Essen und Trinken — Symbole der Aneignung — dem Körper physisch einverleibt. „Die Puppe des Schmetterlings" — so sagt

---
[1]) Philos. Aufsätze für Zeller. Leipzig 1887.
[2]) Sandro Botticellis „Geburt der Venus" und „Frühling". Eine Untersuchung über die Vorstellungen von der Antike in der Frührenaissance. Hamburg und Leipzig 1893.

Vischer — „ist ein Symbol der Auferstehung, das der Unsterblichkeit. Zufällig wird sie nicht als religiöses Symbol verehrt. Wäre dies aber der Fall, so bin ich überzeugt, daß nach dem Prinzip der Aneignung es Gebrauch wäre, Puppen zu fressen, um damit den Stoff der Unsterblichkeit in sich hineinzukriegen." Daß die christliche Lehre der Eucharistie, die Verabreichung von Brot und Wein als Symbolen des Leibes und Blutes Christi, ganz in diesen Problemkreis gehört, hat Vischer mit besonderer Eindringlichkeit betont.

Aber gerade hier, in der theologischen Auslegung der Lehre vom Abendmahl, beginnt das Problem sich zu spalten. Der Kampf um die Frage, ob Brot und Wein im Augenblick der Darreichung der Leib und das Blut Christi s i n d oder sie nur b e d e u t e n — mit anderen Worten, ob der Ausspruch Christi: „Dies ist mein Leib . . ." als Trope oder als Metapher zu verstehen ist, bezeichnet die Krise, in der zwei verschiedene Auffassungen vom Wesen des Symbols sich gegeneinander erheben: die magisch-bindende, die Bild und Bedeutung in eins setzt, und die logisch-sondernde, die das Wie des Vergleichs explicit einführt. Die erste kann der religiösen Kulthandlung nicht entbehren. Sie bedarf des Priesters, dessen Wort die magische Gewalt hat, die Substanzveränderung zu bewirken. Daher legt sie auf Brot und Wein, „die doch als solche", — wie Vischer sagt — „gleichgültige Stoffe sind", den Akzent des Wunderbaren. Die zweite Auffassung restituiert diese Stoffe in ihre Gleichgültigkeit, denn sie will das religiöse Erlebnis durch den Akt des Kults nicht gebunden wissen. Brot und Wein sprechen zu ihr als Zeichen, die intellektuell zu verstehen sind, nicht als Kräfte, die geheimnisvoll wirken. Das Symbol im Sinne einer unlöslichen Einheit von Ding und Bedeutung hat sich in die Allegorie verwandelt, wo die beiden Seiten des Vergleichs sich klar gesondert gegenübertreten. Das Bild ist aus einer kultlichen Macht zum Zeichen eines theologischen Begriffs geworden.

Aber zwischen diesen beiden Extremen gibt es eine mittlere Stufe. Vischer nennt sie die „vorbehaltende". Sie entsteht dort, wo man an die magische Belebtheit des Bildes nicht eigentlich glaubt, und ihr dennoch verhaftet bleibt. Sie entsteht, wo der Dichter angesichts der sinkenden Sonne von der „ahnungsvollen" Beleuchtung spricht. Aber auch in der nicht-dichterischen Umgangssprache wird dauernd das Unbeseelte in dieser Weise beseelt: „Die Traube w i l l Wärme, — der Nagel w i l l aus dem Holz nicht heraus, — das Päckchen w i l l nicht in die Tasche hinein." Löst man alle solche Metaphern restlos auf, so verwandelt sich die lebendige Sprache in ein totes System allegorischer Zeichen. Läßt man andererseits die belebende Kraft der Metapher so stark auf sich wirken, daß man ihre uneigentliche Bedeutung nicht mehr bemerkt, so versinkt man in die magische Denkweise. Je mehr der Dichter an die Heroen und Götter, deren Bilder sein Gemüt erfüllen, glaubt, desto näher rückt er dem Priester. Aber ganz ist er dem magischen Bann erst dann verfallen, wenn er dem Gott, von dem er dichtet, opfert — oder ihn, sich zu opfern, zwingt.

So kann man die ganze Reihe durchlaufen: — vom reinen, der Materie des Symbols fast ganz entrückten Begriff, der, um überhaupt fixiert zu werden, sich freiwillig an ein lebloses und deswegen eindeutig bestimmbares Zeichen heftet, bis zum kulthaften Akt, der — unter dem Zwang der Leibhaftigkeit des Symbols — es im wahrsten Sinne des Wortes mit Händen greift, es verzehrt oder sich vor ihm vernichtet.

Die kritische Phase liegt aber in der Mitte, dort, wo das Symbol als Zeichen verstanden wird und dennoch als Bild lebendig bleibt, wo die seelische Erregung, zwischen diesen beiden Polen in Spannung gehalten, weder durch die bindende Kraft der Metapher so sehr konzentriert wird, daß sie sich in Handlung entlädt, noch durch die zerlegende Ordnung des Gedankens so sehr gelöst wird, daß sie sich in Begriffe verflüchtigt. Und eben hier hat das „Bild" (im Sinne des künstlerischen Scheinbildes) seine Stelle.

Das Kunstschaffen, das diesen mittleren Zustand durch Gebrauch hantierender Mittel im „Scheinbilde" festhält, und das Kunstgenießen, das in der Betrachtung des „Scheinbildes" diesen mitteren Zustand nachschaffend erlebt, nähren sich beide — so lehrt Warburg — aus den dunkelsten Energien des menschlichen Lebens und bleiben ihnen selbst dort verhaftet und durch sie bedroht, wo ein harmonischer Ausgleich — vorübergehend — geglückt ist. Denn auch der harmonische Ausgleich ist Produkt einer Auseinandersetzung, in der der ganze Mensch mit seinem religiösen Verleibungsdrang und seinem intellektuellen Aufklärungsstreben, seinem Aneignungstrieb und Entfernungswillen beteiligt ist.

Bedenkt man, wie sehr diese Kräfte miteinander im Kampf liegen, so wird es verständlich, daß, als Warburg an seiner Geschichte des europäischen Bildgedächtnisses arbeitete, er sie auffaßte als ein Kapitel zu dem noch ungeschriebenen Buche: „Von der Unfreiheit des europäischen Menschen". Und wenn er hierbei das Sich-wieder-erinnern an antike Bildprägungen zum Leitfaden nahm, so ist es von vornherein klar, daß er die Antike nicht im Sinne Winckelmanns als edle Einfalt und stille Größe auffaßte, sondern daß er in ihr das Doppelantlitz von olympischer Ruhe und dämonischer Furchtbarkeit erblickte, das Nietzsche und Burckhardt uns zu sehen gelehrt haben. Aber auch auf Lessing ist hier zu verweisen; denn in Lessings Widerlegung der Winckelmannschen Gründe für die Tatsache, daß der Laokoon nicht schreit, ist das ganze von Warburg behandelte Problem bereits im Keime enthalten. Die

Lehre vom „Transitorischen" und vom „fruchtbarsten Augenblick" enthält den Hinweis auf jene Krisis, in der die im Kunstwerk verkörperten Erregungen umzuschlagen und das eigentlich Künstlerische zu zerstören drohen.

Um jedoch die Betrachtungsweise, die Warburg geübt und gelehrt hat, zu umschreiben, kann ich kaum etwas Besseres tun, als die Worte zu gebrauchen, die Schleiermacher in seiner Abhandlung „Über den Umfang des Begriffes der Kunst mit Bezug auf die Theorie derselben" geprägt hat:

„So wollen wir uns denn zunächst halten an eine alte Rede, die sich aber auch in dem Munde neuer Meister wiederholt, daß alle Kunst entspringt aus der Begeistung, aus lebhafter Bewegung der innersten Gemüts- und Geisteskräfte, — und an eine andere ebenso alte tief in unsere Denkweise eingewurzelte, daß nämlich jede Kunst ihr Werk muß aufzuweisen haben. Und so wäre wohl das nächste, zuzusehen inwiefern in den verschiedenen Künsten auf dieselbige Weise aus der Bewegung das Werk entsteht. Aber der Schwierigkeit der Sache wegen möchte es geraten sein, den Versuch bei denen Künsten zu beginnen, wo der Weg zwischen beiden Punkten nur kurz sein kann und der Prozeß sehr einfach erscheint. Und glücklich wären wir und hätten einen guten Wurf getan, wenn wir auf der einen Seite neben dem Kunstwerk auch ein verwandtes Kunstloses fänden, um zeigen zu können, wie das eine sich von dem andern unterscheidet, und auf der anderen Seite das Gefundene auch auf die anderen Künste übertragen könnten, bei denen der Weg nicht mehr so kurz ist und das Verfahren nicht mehr so einfach ...

„Es ist das Wesen jenes kunstlosen Zustandes, daß Erregung und Äußerung identisch sind und völlig gleichzeitig durch ein bewußtloses Band vereinigt miteinander beginnen und miteinander verlöschen, oder, noch genauer zu reden, sind beide wahrhaft eins und nur von dem draußenstehenden Beschauer willkürlich getrennt; wogegen in jeder Kunstleistung diese Identität wesentlich aufgehoben ist: ... Eine andere höhere Gewalt ist zwischen eingetreten und hat das sonst unmittelbar Verbundene geschieden; ein Moment der Besinnung schlägt gleichsam trennend ein, bricht auf der einen Seiten schon durch das Anhalten, durch die Weile jene rohe Gewalt der Erregung und bemächtigt sich zugleich während dieses Anhaltens der schon eingeleiteten Bewegung als ordnendes Prinzip."

Aber so sehr diese Worte Schleiermachers, als Ganzes genommen, die Warburgsche Betrachtungsweise kennzeichnen, so enthalten sie doch einen Punkt, in dem Warburg von ihnen abweicht. Der Akt der B e - s i n n u n g, der kritische Moment des „Anhaltens", wird von Schleiermacher wie eine Art Wunder behandelt, — als ob, um mit seinen eigenen Worten zu reden, „eine andere, höhere Gewalt zwischen eingetreten" wäre und „das sonst unmittelbar Verbundene geschieden" hätte. Bei Warburg aber besteht zwischen jenem Zustand, den Schleiermacher als völlige Einheit von Erregung und Äußerung betrachtet, und dem Akt der Besinnung, mit welchem für ihn das eigentlich Künstlerische beginnt, kein Bruch sondern ein kontinuierlicher Übergang. An der Theorie des mimischen Ausdrucks und der Hantierung läßt sich dies im einzelnen nachweisen.

III.
Besinnung und Ausdruck.

Man kann sich, wenn man will, einen Zustand denken, und im Verhalten niedriger Lebewesen wohl auch tatsächlich aufweisen, wo jede durch einen äußeren Reiz verursachte Erregung sich unmittelbar in organische Bewegung umsetzt, an der das Tier als ganzes beteiligt ist. Es ist müßig zu fragen, ob es für solch ein Wesen überhaupt eine Wahrnehmung geben kann; denn es ist von dem Zustand der Erregung völlig und gleichmäßig erfüllt. Die Ereignisse gehen durch seinen Organismus gleichsam hindurch und hinterlassen keinerlei Spuren. Von einem Gedächtnis, selbst im übertragendsten Sinne des Wortes, kann keine Rede sein.

Man kann sich eine etwas höhere Stufe denken, auf der der Erregungszustand sich differenziert, wo die Bewegung nicht den Organismus als ganzen gleichmäßig erfaßt, sondern sich an einigen Teilen staut und andere frei läßt. Die Ereignisse hinterlassen ihre Spuren. Die Erregungen beginnen sich typisch zu gliedern.

Verfolgt man diese Entwicklung weiter, so kann man den Prozeß der Bildprägung in Gestalt der körperlichen Ausdrucksgebärde *in statu nascendi* studieren, und man wird dabei entdecken, daß das Phänomen des Ausdrucks selbst in seiner elementarsten Form schon mit einem Minimum an Besinnung verbunden ist. Man braucht dabei nicht einmal solche gewagten Konstruktionen einzuführen, wie ich sie eben im Anschluß an Schleiermacher verwandt habe, um die Stufe, wo Erregung und Bewegung völlig eins sind, zum mindesten dem Begriffe nach festzulegen. Man braucht nur die Funktionsweise des menschlichen Körpers zu betrachten, wo die jeweilige Erregung sich in differenzierte Muskelbewegung umsetzt und wo jeder Muskel eine besondere Funktion erfüllt, in deren Vollzug er durch Übung gestärkt wird. Es war angesichts solcher Phänomene wie der Muskelstärkung durch Übung, daß Hering vom „Gedächtnis als allgemeiner Funktion der organisierten Materie" sprach. Die häufige Wiederholung desselben Aktes hinterläßt ihre Spuren.

Aber die menschlichen Muskeln erfüllen auf Grund dieser Spuren — wenn man will: kraft dieser „Gedächtnisfunktion" — neben ihrem rein körperlichen Dienst noch eine andere Aufgabe. Sie dienen dem mimischen Ausdruck. Man hat seit Darwin viel darüber gestritten, wie sich diese beiden Funktionen zueinander verhalten. Für uns kommt nur die eine Tatsache in Betracht, daß es vielfach die gleichen Muskeln sind, die eine physische und eine Ausdrucksfunktion verrichten. So sind die Muskeln, mit denen wir dem Gefühl des Widerwillens Ausdruck geben, indem wir das Gesicht verziehen, dieselben, die durch den Zustand des physischen Übelseins automatisch erregt werden. Hier finden wird im Gebrauch des eigenen Körpers das Phänomen der M e t a - p h e r wieder. A l l e r A u s d r u c k d u r c h M u s k e l b e w e g u n g i s t m e t a p h o r i s c h u n d u n t e r l i e g t d e r P o l a r i t ä t d e s S y m b o l s : Je stärker, je konzentrierter die seelische Erregung ist, die sich im Ausdruck entlädt, desto näher kommt die symbolische Bewegung der physischen. (Im Zustand höchsten seelischen Ekels wird uns ja auch physisch übel.) Je schwächer, je milder die Erregung ist, desto mehr wird die mimische Bewegung retardiert, und der Grenzfall ist erreicht, wenn der momentane mimische Ausdruck sich in dem bleibenden physiognomischen Gesichtszug verflüchtigt.

Aber der Körper des Menschen ist, wenn auch das nächstliegende, so doch nicht das einzige Organ für den Ausdruck. Der Mensch ist ein hantierendes Tier, („a tool using animal" wie Carlyle im „Sartor Resartus" sagt), und schafft sich Geräte, mit denen er die Funktionen seines Körpers erweitert und ergänzt. Aber am Gebrauch dieser Geräte kann man das Gleiche beobachten, was ursprünglich an der Muskelbewegung zutage trat. Sie werden, über ihre Zweckbestimmung hinaus, zu Trägern von Ausdruckswerten. Carlyle hat das an den Kleidern dargelegt, die dem Menschen, der sie trägt, bald Würde verleihen, bald ihn als verächtlich stempeln, jedenfalls die polare Funktion erfüllen, ihn zu bezeichnen und ihn zu verhüllen, auf ihn hinzuweisen und ihn doch nicht preiszugeben. Es entwickelt sich eine soziale Gebärdensprache, die die mimische ergänzt und erweitert. Das Abnehmen des Hutes wird zum Ausdruck der Unterwürfigkeit, das Tragen eines Szepters zum Symbol der Majestät, das Reiten „hoch zu Roß" zur triumphalen Gebärde. Und jeder dieser Akte ist der Polarität des Symbols unterworfen. Denn jede soziale Ausdrucksgebärde kann, je nachdem, ob sie beschleunigt oder retardiert oder im kritischen Punkt des Anhaltens gar in ihrer Richtung verändert wird, sich aus einer Gebärde der Annäherung in eine Gebärde der Loslösung verwandeln, aus einer Geste des Zugreifens und Sich-Aneignens in eine Geste des Loslassens und Freigebens, aus einem Akt des Verfolgens und sieghaften Überwältigens in einen Akt des Zauderns und großmütigen Vergebens.

Aber auch das Gerät weist über sich hinaus auf eine Stufe, wo der Mensch Objekte herstellt, nicht um mit ihnen wie mit Stäben zu hantieren oder sie sich wie Kleider anzulegen, überhaupt nicht um durch sie die mimischen Ausdrucksmittel seines eigenen Körpers zu erweitern, sondern um sie sich gegenüberzustellen und sie aus der Entfernung zu betrachten. Dies ist die Stufe, an der für Schleiermacher das Künstlerische überhaupt erst beginnt; denn erst hier tritt das retardierende Moment im Ausdruck als bewußte Besinnung auf. Über das Recht dieser Definition als einer formalen Grenzbestimmung braucht man nicht zu streiten. Aber man muß darauf hinweisen, daß zwischen dieser Stufe der höchsten Distanzierung, wo die durch den Reiz ausgelöste Bewegung im Akt der Kontemplation fast aufgehoben erscheint, und der Stufe der engsten Bindung, in welcher Erregung und Ausdruck in der ausgelösten Handlung fast völlig verfließen, zwei mittlere Stufen liegen: die der ausdrucksgesättigten Muskelbewegung, deren beide Pole die mimische Anspannung und die physiognomische Ruhelage sind, und die der ausdrucksgesättigten Hantierung, die zwischen den Polen des sozialen Aneignungstriebes und des sozialen Entfernungswillens schwingt.

Wie wichtig gerade diese beiden Zwischenstufen für die Theorie der Bildprägung und des Bildgedächtnisses sind, hat Warburg — wiederum am Beispiel des Nachlebens der Antike — bewiesen; denn es waren die antiken Ausdrucksgebärden, — die Pathosformeln, um mit Warburg zu sprechen —, die in der späteren Kunst immer wieder aufgenommen und im Prozeß der Auseinandersetzung polarisiert wurden[1]). Aber diese antiken Pathosformeln erschienen doch immer, indem sie als Kunstwerke aufgefunden oder übermittelt wurden, in irgend einer greifbaren Form für den hantierenden Menschen: als behauener Stein, als bemaltes Papier, — jedenfalls als Objekte, die zum hantierenden Menschen in einer gerätmäßigen Beziehung stehen. Und es ist nun für das Verhältnis einer Epoche zur Antike unendlich bezeichnend, in welcher räumlich-greifbaren Form sie diesen Pathosformeln Einlaß gewährt, ob sie das antike Kunstwerk in eine Sammlung stellt als Objekt wissenschaftlich-archäologischen Interesses, oder ob sie es in eine Gartenmauer einbaut als besitzanzeigendes Prunkstück, oder ob sie es gar in verkleinerter Kopie als Nippesfigur auf den Kamin setzt. Das Spannungsverhältnis zu' diesen Objekten läßt sich an ihrem Gebrauch im Sinne der Hantierung ermessen. Nichts ist charakteristischer für die Entwicklung der Frührenaissance als daß sie den Pathosformeln der Antike, deren erregungslösende Kraft sie aufs Höchste empfand, den

---

[1]) Vgl. Warburg, Dürer und die italienische Antike. In: Verhandlungen der 48. Versammlung deutscher Philologen und Schulmänner in Hamburg. Leipzig 1906.

Einlaß in ihre Bilder zunächst in der höchst distanzierten Form der Grisaille gewährte[1].

Hieraus folgt, daß selbst wenn man den Begriff der Ästhetik im allerengsten Sinne definiert, — als Theorie der bewußten Geschmacksbildung und des abstrakten Schönheitsempfindens — man diese Theorie doch nicht vollgültig entwickeln kann, ohne auf die elementareren Formen des mimischen und gerätmäßig erweiterten Ausdrucks zurückzugreifen. Denn hier ist der Nährboden, in dem jene feineren Gebilde ebenso wurzeln wie die Metapher im magischen Wortzauber, — ein Boden, über den sie sich erheben müssen, um sich zu differenzieren, von dem sie aber nicht losgelöst werden können, ohne abzusterben.

Weil aber dieses Verhältnis der relativen Bindung und Lösung ein Spannungsverhältnis ist, darum ist das Problem der Polarität des seelischen Verhaltens in der Geschichte der Ästhetik — von Plato bis zu Lessing, Schiller und Nietzsche — als Zentralproblem empfunden und behandelt worden. Nur indem man mit Warburg auf diese Grundfrage zurückgeht, kann man sich auch dem Problem der Periodizität der Kunstentwicklung nähern, mit dem Riegl und Wölfflin vergeblich gerungen haben. Ja, die formalen Erkenntnisse, die wir diesen beiden Männern verdanken, lassen sich im Sinne Warburgs fruchtbar machen und mit einem realen Sinn erfüllen, wenn man das, was bei ihnen als abstrakte Antithese stehen bleibt, als Bezeichnung der beiden Pole eines Schwingungsvorgangs auffaßt, der sich als kultureller Auseinandersetzungsprozeß geographisch-historisch festlegen läßt. Wenn etwa Wölfflin — um auf das erste Beispiel zurückzugreifen — einen bestimmten Begriff des Malerischen als einheitliche Stilfunktion definiert, die so entgegengesetzte Erscheinungen wie Terborch und Bernini in sich befaßt, so müßte sich diese Behauptung interpretieren lassen als Hinweis auf einen real-geographischen Auseinandersetzungsprozeß zwischen Norden und Süden im Zeitalter des Barock. Die Namen Bernini und Terborch würden dabei das Ausmaß eines geistigen Schwingungsvorgangs bezeichnen, dessen historisches, als soziale Einheit aufweisbares Subjekt die europäische Kulturgemeinschaft des siebzehnten Jahrhunderts wäre.

Wenn ich versucht habe, einen Begriff von Warburgs Forschungsweise zu vermitteln, so muß dieser Begriff doch leblos bleiben ohne die Anschauung des zugehörigen Materials. Eigentlich ist auch dieser Vortrag gedacht als Aufforderung zu einer Betrachtung der Bildtafeln, die hier im Saale ausgestellt sind, — als Aufforderung ferner zu einem

---
[1] Vgl. Warburg, Francesco Sassettis letztwillige Verfügung. Schmarsow-Festschrift. Leipzig 1907.

Gang durch die Büchersammlung, die so geordnet ist, daß die Einzelprobleme heraustreten.

Sie werden, wenn Sie dieser Aufforderung folgen, bemerken, wie sehr Warburg, indem er seine Polaritätstheorie folgerichtig durchführte, dazu gezwungen wurde, aus der traditionellen Domäne der Kunstgeschichte heraus auf neue Gebiete abzubiegen, von denen der zünftige Kunsthistoriker sich meistens mit einer gewissen Scheu fernhält: Geschichte der religiösen Kulte, Geschichte des Festwesens, Geschichte des Buches und des literarischen Bildungswesens, Geschichte der Magie und Astrologie. Gerade weil es sich ihm um die Aufweisung von Spannungen handelte, spielen die Zwischenstufen die größte Rolle. Das Festwesen ist ja eine Zwischenstufe zwischen sozialem Leben und Kunst; Astrologie und Magie sind Zwischenstufen zwischen Religion und Wissenschaft. Und nicht genug damit, er hat diese Zwischenstufen immer an historischen Epochen aufgesucht, die er selbst als Übergangszeiten, Zeiten des Konflikts, betrachtete: die florentiner Frührenaissance, die orientalisierende Spätantike, der niederländische Barock. Ja noch mehr: mit Vorliebe wendet er sich innerhalb dieser Epochen dem Studium solcher Männer zu, die durch Beruf oder Schicksal eine Zwischenstellung einnehmen: Kaufleute, die zugleich Kunstliebhaber sind und bei denen der ästhetische Geschmack sich mit Geschäftsinteressen kreuzt; Astrologen, die Religionspolitik mit Wissenschaft verbinden und sich ihren eigenen Begriff von „doppelter Wahrheit" machen; Philosophen, deren bildhafte Phantasie mit ihrem logischen Ordnungsbedürfnis in Kampf gerät. Und wenn Warburg dem einzelnen Kunstwerk gegenübertrat, so ereignete sich ein Vorgang, der dem formal-ästhetisch geschulten Menschen wie eine Paradoxie erscheinen mußte, und der auch Warburgs Methode, Bildtafeln zusammenzustellen, das eigentümliche Gepräge gegeben hat: das künstlerisch schlechte Bild fesselte ihn ebenso sehr wie das gute, ja, aus einem Grunde, den er selbst ausdrücklich angab, o f t n o c h m e h r : — Es ließ sich mehr daraus lernen. Als er den Freskenzyklus des Palazzo Schifanoja auf seinen ikonographischen Sinn hin untersuchte — ein Bilderrätsel, das durch ihn seine geradezu phantastische Lösung fand[1]), — da begann er seine Analyse bei demjenigen Meister, der ihm von allen als der schwächste erschien. Und warum? Weil an den Bruchstellen, die das schlechte Werk gewissermaßen vor dem guten voraus hatte, das Problem der Auseinandersetzung, mit dem der Künstler zu ringen hatte, deutlich wurde, — ein Problem, dessen komplizierte Struktur man angesichts eines großen Kunstwerkes viel schwerer bemerkt, weil hier der Künstler die Lösung so spielend bewältigt.

---

[1]) Italienische Kunst und internationale Astrologie im Palazzo Schifanoja zu Ferrara. X. internat. Kunsthistorikerkongreß, Rom 1912.

Es ist eben hier wie in allen anderen Wissenschaften. Auch die Physik hat das Phänomen des Lichtes in seiner Brechung durch ein ungleichmäßiges Medium studiert. Und die moderne Psychologie verdankt ihre größten Erfolge in der Erkenntnis der seelischen Funktionen dem Studium jener Störungen, in denen die einzelnen Funktionen, statt sich zur Einheit zu verbinden, auseinandertreten. Wer nur von den großen Erscheinungen in der Kunst ausgeht, der verkennt — so lehrt Warburg —, daß gerade im abgelegenen Kuriosum die bedeutendsten Erkenntniswerte verborgen liegen. Wer immer gleich an Lionardo, Raffael und Holbein, wo die stärksten Gegensätze ihren höchsten Ausgleich gefunden haben, herantritt und sie ästhetisch genießt, d. h. in einer Stimmung, die selbst nur ein momentaner harmonischer Ausgleich von Gegensätzen ist, der wird glückliche Stunden verbringen, aber in die begriffliche Erkenntnis vom Wesen der Kunst, die ja die Aufgabe der Ästhetik ist, wird er nicht eindringen."

Für die Büchersammlung gilt ein Entsprechendes. Verglichen mit einer anderen Spezialbibliothek muß sie eigentümlich brüchig erscheinen, denn sie umfaßt viel mehr Gebiete als eine Spezialbibliothek sonst umfaßt. Andererseits ist aber ihr Bestand auf jedem einzelnen Gebiet nicht so lückenlos, wie man es sonst von einer Spezialbibliothek erwartet. Ihre Stärke liegt eben auf den Grenzgebieten, und da es diese Gebiete sind, die auch im Fortgang der Wissenschaft eine kritische Rolle spielen, so darf die Bibliothek von sich behaupten, daß ihr eigenes Wachstumsgesetz mit dem der Wissenschaft, für die sie arbeitet, identisch ist. Je stärker die Arbeit auf den von ihr bezeichneten Grenzgebieten zunimmt, desto mehr füllen sich gleichsam automatisch ihre Bestände. Das heißt aber: sie ist auf Mitarbeit angewiesen. — Daher nimmt sie auch gerne die Gelegenheit dieses Kongresses wahr, um von den Ästhetikern über ihr eigenes Problem belehrt zu werden: denn nach Warburgs Worten ist sie eine Bibliothek, „die nicht nur reden, sondern auch aufhorchen will".

UNIVERSITY OF LONDON—WARBURG INSTITUTE

FRITZ SAXL 1890-1948

Addresses by Professor Edna Purdie, Chairman of the Committee of Management, and Dr. Rudolf Wittkower at the opening of the photographic exhibition in memory of Fritz Saxl in the Warburg Institute on 15*th June,* 1948.

I.

It is a high privilege, and one which I value, to be asked to open this Exhibition, devoted to the memory of a great scholar, who was in the deepest sense a humanist—a friend to humane studies of any and every kind. The exhibition, as you will have seen, is designed as a memorial to Professor Saxl ; and it is indeed commemorative in a double sense. It not only reminds us of the immense range, variety and originality of Saxl's work : but by demonstrating the aims and methods of that work, it illustrates the methods and outlook of the Institute to whose work and welfare he devoted himself for more than thirty years. It is not my province to enlarge upon the nature and arrangement of the exhibition—Dr. Wittkower will speak with authority on this subject in a few moments. But not even the layman can mistake the signs that are writ large upon it—the wealth of knowledge which informed the enquiry into the great theme of continuity in change ; the creative imagination which was at work in interpreting the vast masses of assembled facts ; the swift vision which enabled him to pierce to the heart of any subject. You will perceive that a list of Saxl's writings is attached to the brief catalogue of the screens which has been distributed. But much of the material here displayed has been selected from hitherto unpublished lectures. He was always consenting to requests for lectures—spending on each one of them the intellectual effort, the energy and subtlety of mind he brought to all his major works of scholarship ; and to anyone who ever heard him, it is no matter for surprise that they have provided so much material for this exhibition. Everyone will welcome the fact that the members of the staff of the Institute, who have planned and carried out the exhibition, have also a project of publishing a substantial volume of lectures delivered by Saxl on various occasions.

In such a gathering as this, which may perhaps be described as that of a large family and its many friends, there is little need to stress the long connection between Saxl and the Warburg Institute. Indeed, it would be inappropriate for me to do so. But I should like to say a little about something of which I myself, and many of my colleagues in this University, have had experience in the last few years. It was not an easy matter to bring an institution so individual—so personal, if the term is admissible—into a defined relationship with the large organisation of a large University. Both parties to this process have had to adapt their habits, to some extent at least, to bring about a fruitful co-operation. But the impact of Saxl's personality on all who were engaged in this endeavour was such that no effort seemed too great to achieve the objects that he thought important. His power to convince people of the values in which he believed, his gift of stimulating enthusiasm and directing effort, were demonstrated no less surely when he was in contact with people outside the Institute than when they were exercised within its walls. Committee meetings had their moments of illumination, when a brief glimpse of the trend of some piece of work, or of some scholar's special gifts, would be thrown out in casual comment on a practical proposal. It is significant that this should have been so. It demonstrates I think something which was fundamental : the gifts of a great teacher as well as a great scholar. One of the undergraduate students (in a subject other than Saxl's own) who attended one of his courses, said recently : "Some of the things he told us by the way we shall never forget "—and with that curious discernment which the young sometimes display, she hit on one of the revealing aspects of his personality. Many a senior scholar in this University, even those who first met Saxl in the unpromising atmosphere of University negotiations, has felt the same. The stimulus he has given to studies other than his own will not easily be forgotten ; and among the world-wide tributes to his humane scholarship, we in London can voice a modest and personal sense of the high privilege we enjoyed in the manifold contacts with him which came our way. This feeling lends to the memorial exhibition an intimacy which I think those who planned it may have wished to suggest ; and it is with a very real sense of privilege that I declare this Exhibition open.

E. P.

II.

Before you look at the exhibition, I should like to say a few words about it on behalf of my colleagues in the Institute.

This is an exhibition in memory of a great scholar who, like any other, had to use the written or spoken word. We are all familiar with memorial exhibitions for artists, but as far as I know this is the first attempt ever made to present the life work of a scholar in visual form. Yet, when we were wondering how best to pay homage to our friend and teacher, Fritz Saxl, the idea of a visual bibliography, as it were, occurred quite spontaneously. And the reason is very simple. In all Saxl's work visual objects were the centre and point of focus. Of course, it is impossible to condense the subtle content of a book or a lecture into half a dozen pictures on a screen. All we can offer is a florilegium. But we hope that these photographs—so few in proportion to the multitude of images that peopled Saxl's mind—do convey something of his approach to the history of man and the depth of his vision.

Saxl began, while still an undergraduate, with what may seem rather a strange combination of interests : on the one hand, the work of a great and intensely individual artist—Rembrandt ; on the other, the tradition of astrological images—most anonymous and often of very indifferent artistic merit—spanning many centuries and many cultures. These two subjects fascinated him all his life, and you will see that they claim a large space in the exhibition.

Both interests, however, find coherence in Saxl's constant desire to penetrate the human significance of images. It was not only the formal quality in Rembrandt's art—deeply as he enjoyed it for its own sake—that stirred him. In Rembrandt's paintings, drawings and etchings he felt the spiritual forces that moved Rembrandt's life—the great art of the south, classical antiquity, his religious faith. Similarly, the migration and transformation of astrological figures from their remote classical and oriental origins to their ascendancy in late mediæval Europe was not for him simply a theme for abstract analysis. The series of visual documents told of the age-long hold of cosmological beliefs on the human mind and the history of man's struggle to understand his own destiny.

The simplicity of Saxl's results must not deceive us. He loved detective work and he was a master of elaborate historical analysis. Those who had the privilege of working close to him know through what tangles of heterogeneous material he found his firm path to the understanding of such things as the Salone in Padua or the mediæval illustrated encyclopædia.

But whether he started with the simple document or the individual artist, or with a dense and complex mass of stubborn evidence, he had a single historical purpose—to see the spirit of man working in the images he made to express himself. With sure instinct, he dwelt on the crucial historical moments, when civilisations and ideas clashed. His work never degenerated into mere specialisation or a bloodless abstract history of ideas. When he watched the encounter of Roman with indigenous culture in Britain, he at once raised the problem from the level of pure archæology to that of a concrete human issue. How, he asked, did the conqueror approach the native? How did the native react to the victor? The monuments would yield the answer, if only we can learn to read their language. It was the same with Saxl's study of early sarcophagi. He was not simply out to distinguish their formal elements but to show the Christian faith at grips with the beliefs of Paganism and Judaism.

In his later research Saxl seemed to concentrate more and more on single personalities, seeing history at work in them. Known or obscure, they stand before us as men of flesh and blood. Through the eyes of Velasquez we see the growth and movement of Philip IV's personality and, in the portraits of the two men, the King and his painter, the whole ethos of the Catholic Spanish Court. In the epigraphical notes of a minor humanist, Bartholomæus Fontius, we feel the passion which underlay the collecting of Roman inscriptions and what they meant to people of Fontius' time. The nameless 7th century Northumbrian carver of the Ruthwell Cross, inspired by forms coming to him from the Near East and Byzantium, reveals himself as a shining beacon of English Christianity.

The encounter of one culture with another, the power of astrological imagery, the evidence in art of man's relation with God—this was the sort of problem which Saxl thought worth a life-time's study and which he informed with his own humanity. Such enquiries, though always concrete, were never bounded by the particular instance he chose. The small fragment was part of a larger process in history to which we also belong. It was this awareness of personal implication that gave Saxl's work its moving quality and its urgency, and we hope that something of this urgency can be detected in the reflection of the exhibition. *Tua res agitur.*

I wonder whether Saxl would have approved of a purely personal exhibition. Surely not. But we believe that he might have accepted this—one of a long line of photographic exhibitions he has inspired—as an almost impersonal statement of historical method. Inevitably the exhibition expresses the aims of the Institute. It cannot escape you that the subjects shown here—whether they concern the transmission of the images of the classical gods through the Middle Ages or the history of mediæval encyclopædias, Holbein's humour or Titian's Bacchanals—all lead back directly or indirectly to the cradle and criterion of western civilisation : the classical cultures of the Mediterranean.

R. W.

Einzeln nicht im Buchhandel.   Ueberreicht vom Verfasser.

Abdruck aus

Bericht über den XII. Kongreß der Deutschen Gesellschaft für Psychologie in Hamburg

vom 12.–16. April 1931

Im Auftrage der Deutschen Gesellschaft für Psychologie
herausgegeben von
Gustav Kafka

Verlag von Gustav Fischer in Jena
1932

Berichte über die Kongresse der Deutschen Gesellschaft für Psychologie

herausgegeben von Prof. Dr. **Karl Bühler** (7.–9. Kongreß)
Prof. Dr. **Erich Becher** (10. Kongreß), Prof. Dr. **Hans Volkelt** (11. Kongreß)
Prof. Dr. **Gustav Kafka** (12. Kongreß)

VII. Kongreß, Marburg 20.–23. April 1921. Mit 10 Abbild. im Text. IV, 192 S. gr. 8° 1922. Rmk 3.60

Inhalt: I. Sammelreferate. E. R. Jaensch, *Ueber die subjektiven Anschauungsb-* (mit Vorführung von Versuchen). Mit 7 Abbild. — D. Katz, *Psychologische Erfahrungen an Amputierten.* — W. Poppelreuter, *Ueber Hirnverletzungspsychologie.* — J. B. Rieffert, *Psychotechnik im Heere.* **II. Referate über die gehaltenen Vorträge.**

VIII. Kongreß, Leipzig 18.–21. April 1923. Mit 8 Abbild. im Text. IV, 216 S. gr. 8° 1924. Rmk 7.—

Inhalt: **I. Sammelreferate:** O. Selz: *Ueber die Persönlichkeitstypen und die Methoden ihrer Bestimmung.**) — R. Sommer, *Ueber Persönlichkeitstypen.* — F. Krueger, *Der Strukturbegriff in der Psychologie.**) — W. Peters, *Vererbung und Persönlichkeit.**) Mit 5 Abbild. im Text. **II. Referate über die gehaltenen Vorträge.**

IX. Kongreß, München 21.–25. April 1925. Mit 39 Abbild. im Text. IV, 250 S. gr. 8° 1926. Rmk 10.—

Inhalt: **I. Sammelreferate:** K. Bühler, *Die Instinkte des Menschen.* - A. Gelb, *Die psychologische Bedeutung pathologischer Störungen der Raumwahrnehmungen.* Mit 4 Abbild. — H. Volkelt, *Fortschritte der experimentellen Kinderpsychologie.**) Mit 34 Abbild. **II. Referate über die gehaltenen Vorträge.**

X. Kongreß, Bonn 20.–23. April 1927. Mit 30 Abbild. im Text. IV, 200 S. gr. 8° 1928. Rmk 10.—

Inhalt: **I. Sammelreferate:** Charlotte Bühler, *Sozialpsychologie.* Mit 1 Abbild. — Friedr. Sander, *Experimentelle Ergebnisse der Gestaltpsychologie.* Mit 22 Abbild. **II. Referate über die gehaltenen Vorträge.**

XI. Kongreß, Wien 9.–13. April 1929. Mit 46 Abbild. im Text. XVI, 213 S. gr. 8° 1930. Rmk 11.—

Inhalt: **I. Sammelreferat:** Walther Moede, *Psychotechnik.* Mit 23 Abbild. **II. Vortrag:** Otto Selz, *Die Struktur der Steigerungsreihen und die Theorie von Raum, Zeit und Gestalt.* Mit 2 Abbild. **III. Referate über die gehaltenen Vorträge.**

XII. Kongreß, Hamburg 12.–16. April 1931. Mit 14 Abbild. im Text und 2 Tafeln. VIII, 480 S. gr. 8° 1932. Rmk 20.—

*) Diese Beiträge sind auch in Sonderausgaben erschienen.

Auf Grund der vierten Notverordnung ermäßigen sich die Preise für 7.–11. Kongreß um 10%.

Die Ausdrucksgebärden der bildenden Kunst.
Von F. Saxl (Hamburg).[1])

„Ich hatte gehofft", sagt Darwin[2]) in der Einleitung zu dem Grundwerk der Ausdruckskunde, der Abhandlung über den Ausdruck der Gemütsbewegungen beim Menschen und den Tieren, „ich hatte gehofft, von den großen Meistern der Malerei und Bildhauerkunst, welche so eingehende Beobachter sind, eine große Hilfe zu erhalten. Ich habe daher Photographien und Kupferstiche vieler allgemein bekannter Kunstwerke genau betrachtet, habe aber mit wenigen Ausnahmen dadurch keinen Vorteil erlangt."

Es ist in unserem Zusammenhang aufschlußreich, dem Grund jener Enttäuschungen Darwins nachzugehen. Darwin selbst gibt uns folgendes an: Der Grund hiervon ist ohne Zweifel der, daß bei Werken der Kunst die Schönheit das hauptsächlichste, oberste Ziel ist. Und stark kontrahierte Gesichtsmuskeln zerstören die Schönheit, werden daher — fügen wir hinzu — nicht dargestellt.

Inwiefern hat sich die Stellung der Psychologie zu dem in den Werken der bildenden Kunst geformten Ausdrucksmaterial seit den Zeiten Darwins verändert?

Was Darwin beschäftigte, war die evolutionistisch gesehene Geschichte des Gemütsausdrucks, die Geschichte des Gemütsausdrucks vom Tierischen zum Menschlichen hin. Einem so gerichteten Forscher kann die bildende Kunst kaum Material liefern. Sie zeigt die Gebärde des Zornes, das Drohen mit der Faust z. B., aber diese Gebärde läßt sich natürlich für den Psychologen in der Wirklichkeit besser beobachten als im Bilde. Und was für die Darstellung der menschlichen Gebärde gilt, gilt erst recht für die Tierbilder. Der Psychologe der Richtung Darwins will die Gebärden des Lebens und nur diese — so objektiv wie möglich festhalten, am liebsten durch einen Apparat aufnehmen lassen. Diese Psychologie steht der Kunst als einer bloßen Nachahmung gegenüber, die hinter dem Original immer und notwendig zurückbleibt.

---

[1]) Der Verfasser ist in der Abfassung dieses Aufsatzes durch die Mitarbeit seines Freundes Walter Solmitz so weitgehend unterstützt worden, daß er sich nur durch dessen Einspruch daran hat verhindern lassen, ihn im Titel als Mitverfasser zu nennen.

[2]) The Expression of the Emotions in Men and Animals, London 1872. Deutsche Übersetzung v. J. Victor Carus, Stuttgart 1872, S. 14.

Ihr bietet die Kunst also zweifellos kein weites Forschungsfeld. Es ist der Film, der hierfür tausendmal bessere Dienste leistet, als die gesamten Werke der bildenden Kunst. Darwin mußte und hat daher den größten Wert darauf gelegt, daß seine Darlegungen nicht durch Kunstwerke, sondern durch Momentphotographien dokumentarisch belegt wurden.

Anders sieht aber die Problemlage aus, wenn wir von der **heutigen Psychologie** ausgehen. Die Psychologie ist heutigen Tages gewiß wie zu den Zeiten Darwins auch an dem Problem des Verhältnisses der tierischen Handlung zu der menschlichen Gebärde interessiert, aber wie sie gelernt hat, das tierpsychologische Problem unabhängig von dem menschenpsychologischen zu betrachten, so betrachtet sie auch das Problem der menschlichen Gebärde nicht blos evolutionistisch. Sie betrachtet die Gebärde als bildhaften Ausdruck, dessen Wesen sie zu ergründen sucht, ohne Rücksicht auf dessen entwicklungsgeschichtliche Herleitung. Die Denkweise dieser, die Ausdrucksgebärde selbst als bildhaft betrachtenden Psychologie steht also der ästhetischen und kunstgeschichtlichen schon methodisch in vielem nahe.

Das zentrale Interesse der heutigen Psychologie am Wesen von Mimik und Gebärde liegt darin, daß — wie Buytendijk und Plessner es formuliert haben — „Elemente dessen, was in der Mimik und Gebärde sinnlich-bildhaft gegeben ist, der Modalität nach zugleich Elemente des Psychischen sind und diese Elemente einer gemeinsamen Form- und Funktionsgesetzlichkeit (die sich freilich im Physischen anders ausprägt als im Psychischen) unterstehen: **der Gesetzlichkeit der Sphäre des Verhaltens**" [1].

Analog zu der Sprachpsychologie steht als ein wesentlicher Teil der Gesamtpsychologie heute die Psychologie der Gebärde als einer symbolischen Form.

Obwohl also die Psychologie an dem Problem der Gebärde im allgemeinen in ganz anderer Art interessiert ist als die Psychologie des 19. Jahrhunderts, so hat dennoch auch sie bisher, soviel mir wenigstens bekannt ist, ihr Interesse nicht der im Kunstwerk dargestellten Gebärde zugewendet. Denn auch ihr ist die Gebärdendarstellung im Kunstwerk eine bloße (und noch dazu wertende) Abstraktion aus der Fülle des Sichgebärdens in der Wirklichkeit.

Während also Darwin das psychologische Phänomen der Gebärde aus den vitalen Zusammenhängen **biologisch** verständlich

---

[1] F. J. J. Buytendijk und H. Plessner, Die Deutung des mimischen Ausdrucks. In: Philosophischer Anzeiger, Jg. 1, 1925/26, S. 126.

machen will, während die moderne Psychologie, an der Charakteristik des Individuums interessiert, die Gebärde weniger als Ausdruck einer Gemütsbewegung denn als Ausdruck einer Gemütsstruktur (jede einzelne Bewegung als charakteristisch für den ganzen Menschen) und als Ausdruck einer persönlichen Verhaltensweise verstehen will, wurde Warburg auf einem durchaus entgegengesetzten Weg zum Problem der Gebärde geführt. Um Einblick in die Psychologie des künstlerischen Bildens zu gewinnen, mußte er versuchen, die Bedeutung des Gemütsausdrucks und der Gebärde für das Bilden, die Bedeutung des Bildes für Gebärde und Gemütsausdruck zu klären — und so gewann er gerade von der Betrachtung der Bildformen aus Einblick in das Wesen der Ausdrucksgebärde.

Seit dem Ende der achtziger Jahre bis zu seinem 1929 erfolgten Tod — also durch mehr als 40 Jahre hindurch — hat Warburg (ursprünglich im Anschluß an Darwins Buch und an die Lektüre von Vischers „Symbol" [1]) und die Psychologie der neunziger Jahre) seine Studien zur Psychologie der Ausdruckssymbole der bildenden Kunst getrieben. Die Bibliothek, die er errichtet hat, dient der Erforschung der Geschichte der Ausdruckssymbole. Sie ist historisch geordnet, ihr Grundgedanke zugleich systematisch-psychologisch. Das 1. Geschoß enthält die Materialien zu einer Psychologie des Bildes, das 2. Geschoß beginnt mit einer kleinen Sammlung psychologischer Werke, jenem Ausschnitt aus der Psychologie, der das Problem des Symbols im allgemeinen, des Ausdrucks, der Schriftkunde und Mimik sowie der Gedächtnisfunktion betrifft. Dann folgen die Materialien zur Religionspsychologie und ihrer einzelnen Probleme, Ekstase, Mystik usw. und historische Materialien zur Geschichte der Religion, Kosmologie, Naturwissenschaft und Philosophie. Das 3. Geschoß enthält das Wort (Sprache, Literaturen, Geschichte der Überlieferung der klassischen Bildungsstoffe), das 4. endlich die „Handlung", d. h. politische Geschichte, Geschichte der sozialen Formen z. B. besonders auch des Festwesens.

Den endgültigen Ertrag seiner Studien wollte Warburg in einem Atlas niederlegen, der eine vergleichende Betrachtung der Ausdruckswerte von Antike und Renaissance bieten sollte. Aus diesem unvollendeten Atlas der Gebärdensprache in der bildenden Kunst des klassischen Altertums und der Renaissance, den die Bibliothek in einigen Jahren abrunden und herausgeben zu können hofft, und aus

[1]) Friedrich Theodor Vischer, Das Symbol, Leipzig 1887, in: Philosophische Aufsätze, Ed. Zeller gewidmet.

unserer weiteren Arbeit an diesem Problem, möchte ich mir erlauben, Ihnen einiges vorzulegen. Es handelt sich in erster Linie um Phänomene der Prägung von bleibenden Ausdrucksformen, sowie deren Veränderung und Wiederaufnahme in späteren Etappen der Geschichte der Menschheit. Warburg hat die Tatsachen für diese Phänomene innerhalb des Kreises der klassisch-europäischen Kultur des Altertums und der Neuzeit gesammelt. Diese Beschränkung auf den europäischen Kulturkreis ist insofern natürlich, als es zwar gewisse allgemeine sehr verbreitete Elemente der Gebärdensprache gibt, aber die spezifische Gebärde ebenso Eigenart eines Kulturkreises ist, wie dessen Sprache oder Schrift. Wie uns das Chinesische „chinesisch" ist, so sind uns auch die meisten Gebärden des Chinesen ohne Unterricht undeutbar. Zweifellos müßten aber auch parallele Untersuchungen in den nichteuropäischen Kulturen angestellt werden, Untersuchungen, zu denen die Bibliothek Warburg gern ihre Hilfe bieten würde.

Es handelt sich im folgenden erstens um die Grundtatsache, die wir beobachten können, daß in der klassisch-antiken Kunst Ausdrucksmotive so exemplarisch geprägt werden, daß sie alle früheren, verwandten, zu verdrängen imstande sind.

In einer Arbeit über die Bilddenkmäler des Mithraskultes[1]) hat der Verfasser den Nachweis erbracht, daß der Typus, den die Bildhauer der Parthenon-Metopen für den Kampf zwischen Lapithen und Kentauren geprägt haben, von anderen Bildhauern für eine Fülle anderer Bildstoffe verwendet wurde: Für die Nike, die den Stier opfert ebenso, wie für Perseus und Bellerophon, Herakles im Kampf mit dem Stier, mit der Hydra oder dem Giganten, für den Kampf des Griechen mit der wehrhaften Frau, der Amazone, wie endlich für die Darstellung der vom Osten her eingewanderten Gottheit Mithras, deren Kampf mit dem Stier die Erschaffung der Fruchtbarkeit auf dieser Erde bedeutet. Jacobsthal[2]) wird der Hinweis darauf verdankt, daß unser Bildtypus auch jenen Aktaeon-Bildern zugrunde liegt, auf denen der Jäger dargestellt ist, wie er von seinen eigenen Hunden angefallen wird.

Die Dokumente der älteren griechischen Kunst und die figurierten Siegelzylinder des vorderen Orients sind uns in einem solchen

[1]) F. Saxl, Mithras. Berlin 1931.
[2]) Paul Jacobsthal, Aktaions Tod, in: Marburger Jahrbuch f. Kunstwissenschaft. Bd. 5. 1929.

Die Ausdrucksgebärden der bildenden Kunst.   17

Ausmaße erhalten, daß wir auch den **Prozeß der Bildung** dieses Typus verfolgen können, der späterhin zu solcher Ausbreitung gelangte. Der altorientalische Steinschneider stellt den Stierkampf, der ein Hauptthema seines Bildens ist, grundsätzlich anders als der europäische dar. Er zeigt nicht die Siegergebärde des Aufknieens, sondern stellt Mensch und Tier gleich groß einander gegenüber. Wie grundeuropäisch unser Bildtypus ist, geht daraus hervor, daß er sich in nuce schon in der tiefsten Schicht der mit Griechischem zusammenhängenden Kunst, in der Glyptik Kretas findet. Die Etappen, die zwischen der kretischen Gemme und der Parthenon-Plastik liegen, lassen sich leidlich überblicken. In der Frühzeit läuft der Kämpfer mit gehobenem Knie neben dem Tier, nach dessen Kopf er faßt; später kniet er auf dem aufgerichteten Hinterteil des Tieres; in Delphi wird die entscheidende Formulierung gewonnen, daß der Kämpfer auf dem niedergebrochenen Tier aufkniet. Die Bildformel des untergeschlagenen Beins, das auf dem Tier aufruht, finden endlich die Bildhauer vom Parthenon in der Zeit des Perikles.

Damit ist das erste Phänomen deutlich hingestellt. Am Ende einer langen Versuchsreihe, den bildlichen Ausdruck einer Gebärde — hier Sieg des Menschen über die Bestie — zu formen, steht ein Typus. Die Frage, die der Kunsthistoriker an den Psychologen zu stellen hätte, wäre: Ist diese **Bildung eines Ausdruckstypus** in der bildenden Kunst nur ein kunsthistorisches oder nicht auch in hervorragendem Maße ein Problem der Gebärdenpsychologie?

Welche Eigenschaft, welche seelische Funktion der Gebärde ist es, die zu der Entstehung eines derart konstanten Typus ihrer bildlichen Darstellung führt?

Man wird aber vielleicht geneigt sein, bei den vorgeführten Fällen die Bilder gar nicht als Bilder von Ausdrucks gebärden gelten zu lassen, weil sie vielmehr Bilder von **Handlungen** seien. Der Stiertöter kniet auf dem Stier, weil es der Zweck so verlangt. Um des Zweckes willen greift er nach dem Kopf des Tieres und tritt auf den Rücken.

Von vornherein muß man sich aber klar sein, daß jede bildliche Darstellung einer Handlung von sich aus dahin tendiert, diese Handlung als Gebärde aufzufassen: weil nämlich die bildliche Darstellung aus dem Verlauf der Handlung nur **einen** Moment zu erfassen im Stande ist. Und weiterhin läßt sich gerade an unserem Beispiel verfolgen, daß wohl die im Stadium des „Suchens" entstehenden Darstellungen mehr die **Handlung**, die zum Typus ent-

2

wickelte Darstellung dagegen vorzüglich die Ausdrucksgebärde zum Ausdruck bringen.

Die Mithras-Reliefs der Spätzeit zeigen z. B. die älteren Motive wie das Tier am Kopf gefaßt wird, der Mensch auf dessen Rücken kniet ohne daß dem Plastiker irgend daran gelegen wäre, die Handlung darzustellen. Mithras blickt nicht nach dem Tier, das er bekämpft, sondern heraus auf den Beschauer[1]). Dies kann uns lehren, daß hier die beiden Motive, Griff nach dem Kopf der Bestie und Aufknien des Siegers, nicht, oder doch keinesfalls bloß Handlungselemente der Darstellung sind, sondern vielmehr Ausdrucksgebärden im Sinn des Psychologen; wir dürfen sie als Kampf- und Siegesgebärde kat'exochen umschreiben.

Machen wir uns nun den Vorgang der Bildung unserer Bildformel für den Sieger über das Tier klar:

Die Gebärde des Lebens läuft in der Zeit und im Raum ab; die Darstellung der bildenden Kunst ist notwendig einmomentig (selbst die sog. Simultanbilder der neuesten Malerei vermögen auch nur mehrere Phasen in einzelnen Bildern aneinander zu reihen). Aus der Fülle der Gebärden eines Stierkämpfers, die in der Tiefe des Raumes und im Ablauf der Zeit geschehen, sind gewisse Bewegungen der Körper als besonders ausdrucksvoll ins Bewußtsein getreten. Im Augenblick des Sieges läßt der Sieger z. B. die Hand auf den Kopf der erlegten Bestie herabsinken und dort vielleicht nur einen Augenblick lang zum Zeichen seines Sieges ruhen. Mit dieser Art von Gebärden hat es die Psychologie ja auch üblicherweise zu tun. Solche Gebärde kann man vielleicht heute noch, etwa bei Stierkämpfen in Spanien, filmen.

Die bildende Kunst wählt nun aus diesen transitorischen Gebärden, die in der Fülle des Raumes und in der Fülle der Zeit vonstatten gehen, bestimmte Gebärden zur Darstellung eines Ausdrucks aus. (Das Prinzip ihrer Auswahl, die Psychologie dieses Aktes, kann nicht von uns erörtert werden). Die Ausdrucksformeln der künstlerischen Gebärdensprache sind also im Verhältnis zur Gebärdensprache des Lebendigen, die doch auch schon „Ausdrucksform" ist, nur (oder besser: sogar) gleichsam Ausdrucksformen zweiter Potenz.

---

[1] s. F. Saxl, Frühes Christentum und spätes Heidentum in ihren künstlerischen Ausdrucksformen. in: Jahrb. f. Kunstgeschichte, Bd. II (XVI), 1923, 2. H., S. 81 und Abb. 50.

Eine von diesen einmomentigen und bloß zweidimensionalen Gebärdenformeln der Kunst entwickelt sich dann in einem oft durch Jahrhunderte gehenden Selektionsprozeß zur typischen Ausdrucksform.

Und diese Ausdrucksform hat nun, wie der Historiker beobachtet, eine solche Kraft, daß sie Jahrhunderte, ja Jahrtausende lang lebendig bleibt und die verschiedensten Inhalte aufnehmen kann, Inhalte so verschiedener Natur, daß diese, wie gezeigt wurde und noch genauer gezeigt werden soll, selbst gegensätzlicher Art sein können.

Der Heraklestypus kann zu dem der Nike werden, der Niketypus zur Ausdrucksform für den Erlösergott der persischen Lichtreligion, Mithras.

Wie die europäische Menschheit in den Frühstadien ihrer Kulturentwicklung, so neigt auch das Kind[1] dazu, Darstellungsformen nicht nur zu stereotypisieren, sondern es kann diese stereotypen Formen, die es einmal gefunden hat, dann auch in anderen Zusammenhängen verwenden, so neue Typen bildend.

Wenn ich es genauer präzisiere, so wären die psychologischen Probleme, die sich dem Historiker wenigstens in diesem Zusammenhang als erste aufdrängen: welcher besonderen Art sind die Gebärden, die zu zentralen Bildtypen einer Kultur werden, und welche Wirkungen gehen von der gefundenen Bildformel einer Gebärde auf die späteren Gebärdenformeln aus?

Diese psychologischen Fragen erlaube ich mir lediglich zu stellen. Nur auf eines möchte ich in bezug auf die Art der Nachwirkung von Bildformeln für Gebärden aufmerksam machen, da es im weiteren Zusammenhange uns noch wichtig wird. Es leuchtet ein, daß gerade in der Bildgebärdensprache im Gegensatz zu der gewöhnlichen Sprache ein Fond aus der Urzeit den Späteren übermittelt werden kann und wird. Die wilden Völker sind es, diese geborenen Pantomimen, die alles, was sie wollen, lebhaft nachahmen und darin ihre eigentliche Denkart zeigen. Daher gehen auch ihre Gedanken, sagt Herder im 9. Buch der Ideen zur Geschichte der Menschheit, so leicht in Handlung und lebendige Tadition über. Aus dieser lebendigen Tradition der Mimik und Gebärde sind jene Urtypen der bildenden Kunst geschöpft.

---

[1] Georges Rouma, La Langage Graphique de l'Enfant, besonders Kap. X, S. 200ff. Bruxelles 1913.

Dieser Gedankengang deutet an, welche wichtige Rolle der bildgewordenen Gebärde in der Geschichte des menschlichen Ausdrucks zuzuweisen ist. Sie wird immer eine Erhalterin der Frühstadien menschlicher Kultur in der Geschichte sein.

Und nun genug dieser Betrachtungen. Ich kann zwar nicht versuchen, in folgendem Ihnen die Geschichte der dargestellten Gebärde im Altertum, Mittelalter und Neuzeit der europäischen Kultur im einzelnen aufzuweisen. Dafür fehlen auch noch fast alle Vorarbeiten. Ich möchte aber doch unternehmen, gerade an die letzten Gedankengänge anknüpfend, Ihnen als Historiker zu zeigen, wie solche „Urworte der Gebärdensprache", wie Warburg sie genannt hat, in einer bestimmten Epoche der europäischen Kultur, nachdem sie längst vergessen schienen, wieder lebendig geworden sind. Es handelt sich um die psychologische Seite des Kulturproblems der Renaissance.

Die ersten Beispiele, die ich vorführen möchte, umfassen eine Gruppe besonderes Art.

1. Der über Goliath triumphierende David des Castagno[1]) ist nach dem Vorbild einer antiken Statue geformt, die den Niobidenpädagogen darstellt, der vor dem Zorn der Götter erschrickt. David hebt triumphierend die Rechte, der Pädagoge streckt sie abwehrend aus.
2. Donatellos Relief der Krankenheilung durch St. Antonius in Padua benutzt eine antike Komposition, die uns in mehreren Exemplaren erhalten ist und die Zerreißung des Pentheus darstellt. Auf dem antiken Relief rissen die Maenaden ihrem Feind das Bein vom Leib, auf dem Renaissancerelief bedeutet die Darstellung dagegen gerade das Anheilen des verletzten Beines. Endlich
3. Duccio benutzt zu seinem „Wunder des heiligen Bernhardus" — dem Heiligen werden von einer Mutter 2 Kinder zugeführt — einen antiken Medeasarkophag, auf dem die Mutter ihre Kinder zum Tode führend, dargestellt war.

In allen drei Fällen sind also Vorprägungen der Antike zur Darstellung verwendet worden. Der Künstler hat die Gebärde des Siegers

---

[1]) Früher Pollajuolo zugeschrieben, siehe J. P. Richter (Catalogue of Pictures at Locko Park, London 1901), Nr. 201, S. 83. Die Zuschreibung an Castagno stammt von B. Berenson, siehe Pictures in the Collection of P. A. P. Widener Philadelphia 1916, I. Early Italian Masters Nr. 9.

nicht neugefunden, nicht die Heilungsgruppe und auch nicht die Gruppe der Mutter, die ihr Kind zum Wunder führt. In allen drei Fällen sind von der klassischen Kunst in einem langen Bildungsprozeß gewonnene Formeln wieder aufgenommen, und zwar energetisch invertiert[1]. Aus der Tötung wird Heilung und aus dem Schrecken Sieg.

Das antike Ausdruckssymbol kann also, das lehren diese Tatsachen, ambivalent sein. Es kann eine Inversion des ursprünglichen Gehalts eintreten, wie wir das verwandt schon beim Aktaeon gesehen haben (siehe oben S. 16).

Diese Fälle energetischer Inversion sind Sonderfälle des allgemeinen Phänomens der Wiederaufnahme antiker Ausdrucksgebärden im Zeitalter der Renaissance.

Von diesem allgemeinen Phänomen hat Warburg in dem Sinn gehandelt, daß er zu bestimmen versuchte, welche Bilder und Ausdrucksgebärden es sind, die in den von den heidnischen Vorfahren geprägten Formeln wieder aufgenommen werden. Läßt sich ein Grundprinzip erkennen, nach dem die Auswahl im Vorrat der geprägten Erbmasse erfolgte?

Wir haben hier an den Wänden eine Anzahl von Renaissancekunstwerken zusammengestellt, um deren sog. „Abhängigkeit" von antiken Werken vor Augen zu führen. Die Tafeln sind zumeist so angeordnet, daß voran das antike Kunstwerk abgebildet ist, dann dessen mittelalterliche Umformungen und endlich die Restitution der antiken Formel in der Kunst der Renaissance.

Ein mittelalterlicher Simson, der auch im Mithrastypus dargestellt wurde, unterscheidet sich von einem Renaissance-Mithras vor allem dadurch, daß die mittelalterliche Plastik neben der der Renaissance wie bewegungslos erscheint. Dasselbe gilt, wenn wir einen spätmittelalterlichen nordischen Holzschnitt, der die Tötung des Orpheus — also eine der am stärksten pathetischen Szenen der antiken Mythologie — darstellt, mit einem italienischen Renaissancebild desselben Themas vergleichen; und der Gegensatz, der sich hier zeigt, offenbart sich nicht etwa nur bei einem Vergleich nordischer und südlicher Werke, sondern genau so, wenn wir italienische Bildwerke des 14. Jahrhunderts mit solchen des 15. vergleichen, z. B. einen Tanz der Salome von Andrea Pisano mit dem des Filippino Lippi, oder die Daphneminiatur einer italienischen

---

[1] Dieser Ausdruck, sowie der folgende „Ambivalenz" und die Nachweise stammen von Warburg.

Handschrift des 14. Jahrhunderts mit der Darstellung des Stoffes auf dem Renaissance-Cassone der Sammlung Berenson in Florenz.

Untersucht man nun diese neuen Bildtypen der Renaissancekunst historisch, dann findet man, daß sie eben darin, worin sie so auffallend neu sind gegenüber ihren Vorgängern, daß sie eben darin antike Ausdrucksform neu verwendet haben.

Wir beobachten ferner, daß in der Renaissance Bildmotive auftauchen, die der vorangehenden Zeit nicht geläufig sind: wie die Klage um den Verstorbenen, die am Grabmal der im Wochenbett gestorbenen Lucrezia Tornabuoni[1]) und des Francesco Sassetti dargestellt ist. Bei Filippino Lippi finden wir die recht ungewöhnliche Darstellung eines klagenden Adam, der die Augen zum Himmel wendet, an ihn schmiegt sich der kleine Sohn, im Hintergrund erscheint die Schlange. Diese Totenklagen gehen bis ins einzelne auf antike Sarkophagbilder zurück, der Adam des Filippino mit dem Sohn und der Schlange ist ein christianisierter Laokoon.

Stellen wir nun wiederum unsere Frage: Läßt sich ein Grundprinzip erkennen, nach dem die Auswahl im Vorrat der geprägten Masse erfolgte? Betrachten wir die Reihe der antiken Ausdrucksgebärde, Ausdrucksgestalten und Ausdrucksgruppen, die die Renaissance aus der Masse des antiken Erbgutes zu neuer Belebung wieder herausgehoben hat, so können wir ihren einheitlichen pathetischen Charakter gar nicht übersehen. Orpheus, der von den Weibern erschlagen wird, der Sieger, der den Feind überwindet, die Totenklagen, Salome, die um das Haupt des Johannes tanzt, Daphne auf der Flucht vor dem Gott, der Niobiden-Pädagoge, Medea, Pentheus — sie sind Verkörperungen der Leidenschaft und des Leides, ihre Gebärden in der Kunst Bildsymbole für gierige Verfolgung, brutalen Triumph, für hemmungslose Klage. Pathosformeln sind also die Bildsymbole, die die Renaissance aus der Antike nimmt, aus den Vorprägungen ihrer eigenen Vergangenheit. Wie sich die Fixierung dieser Pathosformeln innerhalb der Antike beobachten läßt, haben wir im ersten Teil dieses Vortrags an dem einen Beispiel des Motivs: Mensch und Tier im Kampf, zu zeigen versucht.

Ich glaube, daß diese Nachweise auch für den Psychologen wesentliche Probleme darstellen.

---

[1]) Vgl. Frieda Schottmüller, Zwei Grabmäler der Renaissance und ihre antiken Vorbilder, in: Rep. für Kunstwissenschaft, Bd. XXV, Heft 6.

Die Renaissance empfindet die Ausdrucksgebärde der Zeit, die ihr unmittelbar vorangeht, als ausdrucksarm, und nun greift sie über ein Jahrtausend hinweg auf die Ausdrucksformen der Antike zurück [1]). Die gesteigerte Totenklage ist für den Renaissancemenschen die Klage all' antica.

Es bleibt nun noch die Frage, warum man denn gerade auf die Ausdrucksform des heidnischen Altertums zurückgegriffen hat.

Wenn die heidnische Antike gerade da zur Hilfe gerufen wird, wo im Gegensatz zur frommen Ergebenheit des Mittelalters ein pathetisch-dynamischer Ausdruck der persönlichen schmerzbewegten Leidenschaft gesucht wird, so geht es nicht mehr an, das Verhältnis der Renaissance zur Antike in der bisher üblichen Weise zu beschreiben: als ein bildungsmäßig bewußtes Wiederaufnehmen, ein historisches Zitieren der stillen Größe klassisch-normativer Vorbilder. Denn es sind in der Frührenaissance ja gerade die heidnisch-orgiastischen Prägungen und nicht die beruhigte klassische Antike, in denen die Künstler sich aussprechen. Die Antike ist wie Warburg es formuliert hat — „eine willkommene Anstachlerin für die neuen Freigelassenen des weltzugewandten Temperaments, die dem um seine persönliche Freiheit dem Schicksal gegenüber Kämpfenden den Mut zur Mitteilung des Unaussprechlichen verlieh — colla licenza degli anteriori".

Wenn also diese Künstler gerade von der pathetischen Gewalt der antiken Vorprägungen ergriffen werden, so kann das Wiederauftauchen der Antike nicht aus dem bewußten Bildungswillen der Renaissance, sondern es muß aus der Natur jener antiken Vorprägungen selbst verständlich gemacht werden. Und so wird eine seelische Naturgeschichte dieser Vorprägungen, dieser Pathosformeln, selbst ein Desiderat der Kunstgeschichte. Um zu verstehen, warum die Renaissancekünstler nicht durch vollständig originelle Erfindungen,

---

[1]) Daß ein solches Suppletivwesen der Gebärdensprache gerade beim Ausdruck des Gesteigerten überhaupt eintritt, ist nach der Parallele der Sprachwissenschaft verständlich. Hermann Osthoff (Vom Suppletivwesen der indogermanischen Sprachen. Akadem. Rede. Heidelberg 1899) hat gezeigt, daß gerade bei den Ausdrücken der Steigerung sich auch in unseren Sprachen Altertümlichkeiten erhalten haben, ein Vorgang, den er als Suppletierung bezeichnet. Während primitive Sprachen eine Fülle von verschiedenen Bezeichnungen auch für ganz nahe verwandte Erscheinungen haben, haben die reifen Sprachen im allgemeinen diese Fülle reduziert und durch Begriffssystematik ersetzt. Nur — und dem dient eben der Nachweis Osthoffs — wo es sich um die Steigerung handelt, z. B. bei Adjektiven, bonus — melior — optimus, da wird die plastische Fülle der primitiven Ausdrucksfähigkeit nicht verdrängt, sondern konserviert. Gerade die Verschiedenheit des Stammes von „gut" und „besser" bezeichnet die Steigerung.

sondern durch vorgeprägte und schon einmal künstlerisch-geläuterte
Formen ihr Pathos mitteilen, muß klargestellt werden, wieso es möglich
ist, daß gewisse künstlerische Typen ihre Durchschlagskraft durch
Jahrhunderte bewahren.

Welche psychologische Gesetzlichkeit, d. h. welche seelische Notwendigkeit
liegt der historischen Konstanz dieser Prägungen, ihrer
gelegentlichen Restitution — und vor allem ihrer erstmaligen Prägung
in der Antike zugrunde? Diese ausdruckspsychologische Frage drängt
sich unserer zunächst rein kunstgeschichtlichen Forschung auf: sie
kann nicht mit einem Schlage beantwortet werden, und zu ihrer Beantwortung
erhoffen wir die Mithilfe der psychologischen Forschung.
Sicherlich verdanken diese Prägungen zu einem Teil ihre Wirkungskraft
der ausgeglichenen, gehaltenen Umrißklarheit, in der das klassische
Griechentum alle früheren Ausdrucksprägungen zusammenfaßt. Aber
daß ihr Gefühlsgehalt sich dem allgemeinen Empfinden in dieser erstaunlichen
Weise mitteilen kann, das beruht nach W a r b u r g darauf,
daß noch in der stilvollen Verhaltung des klassisch-antiken Künstlertums
der Nachhall jener leidenschaftlichen Hingabe und Erschütterung
zu spüren ist, die in den dionysisch-orgiastischen Kulten die körperlichen
Ausdrucksbewegungen in unerhörtem Maße entfesselte.

„Die Restitution der Antike" — so sagt W a r b u r g — „als ein
Ergebnis des neueintretenden historisierenden Tatsachenbewußtseins
und der gewissenhaften künstlerischen Einfühlung zu charakterisieren,
bleibt unzulängliche deskriptive Evolutionslehre, wenn nicht gleichzeitig
der Versuch gemacht wird, in die Tiefe triebhafter Verflochtenheit
des menschlichen Geistes mit der geschichteten Materie hinabzusteigen.
Dort erst gewahrt man das Prägewerk, das die Ausdruckswerte heidnischer
Ergriffenheit münzt, die dem orgiastischen Urerlebnis entstammen:
dem dionysischen Thiasos."

Wenn also in dieser neuartigen Weise die Kunstgeschichte das
Bild als seelischen Ausdruck versteht und sich zu psychologischen
Fragestellungen und zur Inanspruchnahme der ausdruckspsychologischen
Forschung genötigt sieht, so fühlt sie sich doch in einem gewissen
methodischen G e g e n s a t z selbst zur m o d e r n e n P s y c h o -
l o g i e. Freilich versucht die moderne Psychologie nicht mehr, sich
unmittelbar in die Seele, in das Vorstellungsleben des zu erforschenden
Subjekts hineinzuversetzen, sondern auch sie geht von seinen
Äußerungen, vom Ausdrucksmäßigen und Bildhaften, vom Symptom
und Symbol aus, um auf diesem mittelbaren Wege das eigentlich

Seelische erst zu rekonstruieren. Aber eben gerade gegen dieses Verfahren, aus dem Geäußerten das Innere abzulesen, von der objektiven Darstellung sofort auf das subjektive Bewußtsein zurückzuschließen — gegen dieses Verfahren muß man erklärlicherweise skeptisch werden, wenn man in der historischen Analyse erkennt, in wie hohem Maße die individuelle Ausdrucks- und Gebärdenphantasie von längst vorgeprägten Formen beeindruckt wird — wie sie nicht unmittelbar ihr eigenes Innere in freier Ausdrucksbewegung ausspricht, sondern, höchst traditionsbedingt, in der produktiven Auseinandersetzung mit den vorgeprägten Ausdrucksformen steht: von ihnen beherrscht wird oder sie ihren eigenen Bedürfnissen unterwirft.

Eine Psychologie, wie sie unsere Kunst- und Kulturwissenschaft benötigt, kann also nicht einfach eine Psychologie des Ausdrucks sein, die Ausdruck und Bild als fixierte, gestaltgewordene Formulierungen des Seelischen interpretiert, sondern nur eine Psychologie des Ausdrucks, die den Ausdruck selbst zum Problem macht; eine Psychologie also, die die Prägung und das Fortleben der sozial-gedächtnismäßig aufbewahrten Ausdruckswerte als sinnvolle, quasi geistestechnische Funktion versteht, und die das Symbol nicht als Endprodukt der seelischen Energie wertet, sondern es innerhalb des psychophysischen Prozesses sieht und die Bedeutung auch gerade der Rückwirkung des Symbols auf das psychische Leben klar stellt.

Ob die gegenwärtige Psychologie hierin ein sinnvolles Problem sehen kann und wie sie über dessen Lösungsmöglichkeiten denkt: darüber möchten wir uns gern in der Diskussion belehren lassen.